終わりは、唐突だった。
奈緒の死を知らせる画面が、
届かなかったその手の先に現れた。

特徴的な狼だった。
いや、正確には
狼ではないのかもしれない。
なにせそのモンスターは、
二足の脚でしかと地面に
立っていたのだ。

CONTENTS

[illustration]
布施龍太

[design]
AFTERGLOW

独白

――――力になりたかった。

どんなことでもいい。

些細《ささい》なことでもいい。

この世界を幾度となく繰り返し、自分ひとりで全てを背負い込もうとするお前の力に、私はなりたかった。

だからあの時、『黄泉《よみ》帰り』という力が私自身にも与えられたのだと言われた時は、本気で思ったんだ。

……ああ、ようやく。私は、お前の役に立つことが出来るんだって。

そう思っていた。

「お前は、凄《すご》いよ。一条《いちじょう》」

そう、思っていたはずなのに。

「結局、私は……口だけだったんだ。覚悟も、心も。何もかも。私なんかとは、お前は違う」

口に出す言葉が、小さな部屋を満たして誰にも届かず消えていく。

――お前の力に、私はなりたかった。
けれど、それはもう無理かもしれない。
あの時の私は、本当の意味で死ぬことの恐ろしさを知らなかったんだ。

二日後の世界

人々の目の前に『世界反転率の減少』という謎の文章が記された画面が現れるのと、世界中にモンスターが出現し溢《あふ》れかえっているという話題が広まり始めたのは、ほぼ同じタイミングのことだった。

その出来事からしばらくすると、とある話題がＳＮＳやネット掲示板をざわつかせる。

この世界にレベルやステータス、スキルといった超常の力が出現したというものだ。

時間が経《た》つにつれて続々と甚大なモンスター被害の報告が上がる一方で、現実が改変されたとしか思えないそれら超常の力の報告は、一部の人々の好奇心を大いに刺激し自発的な行動へと駆り立てていた。

レベルを求めて自発的なモンスター討伐へと繰り出すもの。

コミュニティ内の有志たちと団結し、手に入れたスキルやステータスの検証を行うもの。

それらの情報をもとに推測を行い、事態の究明と解決を行おうとするもの。

世界は一夜にして変わった。

それはあまりにも唐突で、この世界に住む誰もが備えていない出来事ばかりだった。

そうした混乱の最中、ＳＮＳ上にとある動画がアップされる。

それは、とある男がミノタウロスを討伐する動画だった。

動画は瞬時に拡散された。様々な憶測が飛び交い、その動画に出ていた男の素性を探ろうと多くの噂話《うわさばなし》が飛び交った。

そして、ネット上で飛び交う噂は一つの結論へとやがて行き着く。

――曰《いわ》く。ミノタウロスを討伐したその男は、他の人にはない特別な力を持っていたのではないか、と。

「うーん…………」

その噂の男――一条明《いちじょうあきら》は、病院のベッドで一人、難しい顔をして唸《うな》り声を発していた。

腕から伸びる点滴の管や、胸に付けられたモニターのコードが鬱陶しい。ふと目を向けると、明が病院のベッドの上で目を覚ましてからすでに数時間が経過していることを、壁に掛けられたアナログ時計が知らせてくれていた。

満身創痍《そうい》の状態だった。

ミノタウロスを相手に無茶をした身体《からだ》はボロボロで、身動き一つ取ることすらも出来ない状態になっていた。

聞いた話によると、病院に運ばれた明に下された診察の結果は、肋骨《ろっこつ》の骨折が五ヵ所、手足の筋断裂が合計で七ヵ所、重度の肺挫傷に胃の破裂、頭蓋骨の一部が陥没していただけでなくその周辺にはヒビが二ヵ所と、重傷といえる状態だったらしい。

すぐに緊急手術が施されたというが、それでも不思議と全身状態は安定していたというのだから驚きだ。

その原因は間違いなく、繰り返し行ったレベリングによるステータスの上昇と、ミノタウロスを討伐して発生したレベルアップやトロフィーの獲得が原因だろうと明は考えていた。

「ううーん………」

ベッドの上で、明はさらに唸った。

痛みで呻《うめ》いているのではない。考え込んでいるのだ。

明が意識を失っていた期間は二日だった。

言葉にすれば短く感じられるその期間も、激動の中となれば多くの変化が生じてしまう。

目が覚めてからすぐに、明は今の世界情勢――もとい世間の動向について奈緒《なお》からある程度の情報を聞かされていた。

(たった二日で、いろいろと変わってるな……。レベルとか、ステータスはもはや当たり前の存在になってるし)

呟《つぶや》きながら、明はスマホの画面へと視線を向ける。

上部には、これまでの繰り返しの中ではなかった『圏外』の文字が表示されていた。

(ネットが使えていたのも、初日だけだったか。奈緒さんに聞いた話だと、あの日の夜にはもう繋《つな》がらなかったみたいだ)

明は息を吐き出すと同時に、スマホを枕元へと置いた。

じっと天井を見上げながら、聞かされた奈緒の言葉を思い出す。

（突然現れたモンスターの被害は甚大。特に日本の場合、最初の出現が夜中だったからか、モンスターの出現に気が付かず逃げ遅れた人も多いみたいだ。この二日間での日本の推定死者数は分からないけど、初日だけでも数百万は超えているはず、か）

それは、ネットが繋がらなくなるまでの間、奈緒が集めていた情報だった。

仮に、初日の騒ぎで本当に数百万人が亡くなったのだとしたら、今の日本の被害は、一千万――いや、数千万人にまで広がっていることだろう。

（東京の中心がモンスターの出現場所になったからか、政府がまともに機能していたのも最初だけ。奇跡的にモンスターの出現を免れた市町村には、不運にもモンスターが出現した街から次々と人々が押し寄せて難民が溢れかえった、か）

心で呟き、明はため息を吐き出した。

（いち早くレベルとかステータスとか、そのあたりのことに気が付いた人達《ひとたち》が、初日の段階で必死にレベル上げをしていたみたいだけど）

明を除いて、レベルとステータスの存在に真っ先に気が付いたのは、何を隠そうネットの住民たちだ。

彼らはモンスターが出現すると同時に素早く情報の共有を図ると、モンスターを倒せばレベルアップするという事実を早々に突き止め、その好奇心と自衛のため着実にレベルアップを重ねて力を付けていた。

もちろん、国の防衛を一手に担う自衛隊もこの世界に現れたレベルやステータスの存在に早い段階で気が付くのだが、彼らは住人の避難や保護を優先していたようだ。自衛隊が本格的なレベルアップに乗り出したのは、モンスターの出現から十時間が経過した後のことだった。

初動の遅れは、それだけレベルの差に繋がる。

持ち得る武器に程度の差はあれど、モンスターの出現によって変化した世界で絶対ともいえる力――スキルを早々に身に付けたネット上の彼らは、すぐさま自衛隊以上の強さとなって、この世界にあふれたモンスターに対して挑み続けている。

(モンスターが出現していない地域は、まだインフラ関係は無事の可能性が高いな。つっても、そういう場所はたいがい、モンスターが出現した地域から避難した人達が押し寄せてるし、別の意味で無事じゃないのかもしれないけど)

避難民が押し寄せ、キャパシティを超えた市町村が今、どのようになっているのかは想像に容易《たやす》い。

(わりと――いや、かなり厳しいな)

人類の敗北が全滅だとすれば、今はまさに崖っぷちと言うべき場面だろう。

(あとの問題は、これだな)

小さく息を吐いて、明は宙に浮かぶその画面へと目を向けた。

現在の世界反転率：2・66%

この画面の呼び出し方も、明は奈緒から聞いていた。

『進行度』という言葉に反応して開かれるこの画面は、つい最近になって発見されたらしい。

きっかけとなった出来事も、世界反転率が1%を超えて生き残った人々の目の前に表示された『モンスターが本来の力の一部を取り戻します』というあの画面だったようだ。

（奈緒さんによれば、モンスターの強化を示す画面が現れたのは、反転率1%を超えたあの時だけ。今はもうすでに2%を超えてるけど、あれ以来何も起きていない。パーセンテージが増えればすぐにモンスターが強化されると思ってたけど、一定のパーセンテージにならないとモンスターが強化されないってことか？）

答えは、今はまだ分からない。

しかし今もなお増え続けているこの数値をみるに、いずれまた、この世界に現れたモンスターが強化されるのではないか、と考えるのは自然なことだと思えた。

「ふぅ……」

それにしても、と明は息を吐く。

(奈緒さんは、この画面の数字は午前零時を過ぎるごとに1%ずつ増えているって言ってたけど、俺の時とは全然違うな)

日付が変われば1%。

明が知るかぎりでは、世界反転率の進行速度は半日で1%だ。

モンスターが出現して二日が経過した今、本来ならばこの数値は4%を超えていたはずである。

(それが半分にまで抑えられてるのって、間違いなくアレが原因だよな)

心で呟き、思い浮かべる。

ミノタウロスを倒して気を失う直前。まるで、ウイルスに侵されたパソコン画面のように、目の前に次々と現れた画面の中に『ボスモンスターを討伐したことで、世界反転率の進行度が低下する』という文言が表示されていたのを明は確かに目にしていた。

(……ボスモンスター、か)

これまでの繰り返しの経験からして、この世界の街々にはそれぞれ強力なモンスターが出現している。

あのミノタウロスにしたってそうだ。

アイツは、この街に巣くうどのモンスターよりも群を抜いて強かった。

あの時はその理由も分からなくて、ただただそこに存在する理不尽に怒り狂ったものだが……。

あれがボスだったと言われれば、その強さにも納得がいく。

（その、ボスモンスターを倒さなければ世界反転率とやらは抑えることが出来ないし、止まらない、と）

表示されたあの画面に書かれたことを鵜呑《うの》みにするなら、そういうことになる。

「はぁ……。これからどうするかなぁ」

ボスモンスターを倒さねば、世界反転率は進行し、やがてモンスターは強化されていく。

今はまだ辛《かろ》うじて人類はこの危機に耐えているような状況だが、今よりもさらにモンスターが強化されることとなれば、人類の敗北は必至だろう。

〝誰か〟が率先してボスを倒さねばならない。

この世界で生きる人々が、モンスターに立ち向かうための時間を〝誰か〟が稼がねばならない。

（その〝誰か〟ってのは、現状では俺が一番適任なんだろうな）

小さく明は息を吐いた。

今や彼のレベルは30を超えている。二日も気を失っていたとはいえ、現状で言えばまず間違いなく、人類の筆頭戦力に名前が挙がるだろう。

しかし、だからといって。どうして自分一人が見ず知らずの〝誰か〟のために、ボスを倒すことに注力せねばならないのか？

（そもそも、俺がミノタウロスを倒したのだって、モンスターが現れたこの世界で、たった一人になりたくなかったからだ。ミノタウロスが、この街の人間を――奈緒さんを、いずれ殺すことが決

まっていたから、俺は俺自身のために、あのミノタウロスを殺したにすぎない）

その副次的な結果として、世界反転率とやらを低下させることになった。が、それは明が意図的に狙ったものではない。

一条明は、英雄ではなくただの凡人である。

自分自身のため必死に生きて、生きて、生き足掻《あが》いた結果として、今回はたまたま事態が好転しただけに過ぎない。

見ず知らずの誰かの為《ため》に、死ぬ度に過去へと戻ることが出来る力を持っていたとしても、無償で命を差し出すのかと言われれば答えはノーである。

（……けど。確かに今の状況なら、俺がボスモンスターを倒してみんなが生き残るための時間を稼ぐしかないのも事実なんだよなぁ）

心で呟き、明はベッドの脇へと視線を動かした。

そこには、パイプ椅子に腰かけたままベッドに突っ伏すような体勢で寝息を立てる七瀬《ななせ》奈緒の姿があった。

身に付けた服のあちこちが擦り切れ、泥と血で汚れている。ここ二日はまともに風呂にも入れていないのか、いつも綺麗《きれい》に整えられていた髪はボサボサに乱れている。

聞けば、少し前にも病院前でモンスターとの大規模な戦闘があったらしい。キラービーと呼ばれる大型の蜂の襲撃を受けて、多くの犠牲者が出たと奈緒は言っていた。

（それがちょうど、俺が目を覚ましたあたり。ってことは、目覚めて扉の外から聞こえてきていた

（あの騒ぎは、奈緒さんが言っていた戦闘のことだよな）

ベッドの上で目覚めた時のことを思い出す。

数時間前。病院のベッドで目を覚ました明はすぐに、扉の外の喧噪《けんそう》に気が付いた。

それが何なのか気にはなっていたが、奈緒の話を聞いてようやく合点《がてん》がいった。

（あの時とは違う。今ではもう、モンスターがいるのが当たり前になってるんだよな）

戦闘による疲労と、いつ襲われるかも分からない緊張で今までろくに寝ていなかったのだろう。

奈緒は、目を覚ました明に現状を伝えると、安心したのか大きな欠伸《あくび》を一つして、「少し、寝る」と呟きあっという間に寝てしまった。

明は穏やかに寝ている奈緒の姿に小さく笑うと、また思考を巡らせる。

（奈緒さんが居たから、俺は今ここにいる。奈緒さんがいなければ、俺は未《いま》だにあの世界で絶望に打ちひしがれて、いつまでも燻《くすぶ》っていたはずだ）

彼女がいたからこそ、一条明は挫折から立ち上がった。

それはもう、紛れもない事実だ。

（俺だけが生き残ればいい……なんてことはもう考えない。俺だけがこの世界で生き残っても意味がない）

だからと言って、この世界で生き残ったすべての人類のために――なんて、大それたことを考えるつもりはない。

見ず知らずの〝誰か〟を全員助けることなんて出来るはずがない。

けれど、この手が届く範囲にいる〝誰か〟の為にならば、ほんの少し頑張れば救うことが出来るかもしれない。

あの夜。ミノタウロスを殺すことで、いずれ死ぬ運命にあった彼女を救えたように。

これから先、ほんの少しの頑張りでこの手の届く範囲にいる〝誰か〟は助けることが出来るかもしれない。

そう、明は考えた。

(ひとまず、今は奈緒さんからだな)

手を広げるのならば少しずつだ。

いきなり大風呂敷《おおぶろしき》を広げたところで、キャパオーバーになるのは目に見えている。

明はそう考えると、ゆっくりと息を吐いて思考を切り替えた。

「それはそうと、まずはこの状況をどうにかしないとな」

呟き、満身創痍となった自らの身体へと視線を向ける。

死んではいないが、動けもしない。

度重なるレベルアップによって、大幅に上昇した体力値はミノタウロスとの戦闘後も明の命を繋ぎ止めてはいたが、その回復力までは高めることが出来なかった。

痛みがないのは、つい先ほど訪れた看護師に――夜勤中にモンスターがあふれて世界が一変し、そのまま家に帰れていないのだろう。その顔はひどく疲れてやつれていた――鎮痛剤を打たれたからだ。

受けている治療らしい治療といえばただそれだけで、それはきっと、この世界にモンスターがあふれたことが影響しているに違いなかった。

（仕方ない、か）

明は心の中で呟く。

ミノタウロスの討伐で獲得したポイントを使って、新たなスキルを獲得することに決めたのだ。

確か、以前目にしたスキルの中に傷を癒《いや》すことが出来るスキルがあったはず、と。明は宙へ視線を向ける。

「ステータス」

チリン。

軽やかな音を出して、画面が表示された。

一条　明　25歳　男　LV9（38）
体力：65　筋力：115　耐久：84
速度：99　魔力：13【14】　幸運：39
ポイント：58

固有スキル
・黄泉《よみ》帰り

システム拡張スキル
・インベントリ
・シナリオ

スキル
・身体強化ＬＶ２
・解析ＬＶ１
・魔力回路ＬＶ１
・疾走ＬＶ１

ダメージボーナス
・ゴブリン種族　＋３％
・狼《おおかみ》種族　＋３％
・植物系モンスター　＋３％

・獣系モンスター　＋5％

ミノタウロス戦以降、初めて開かれたその画面には、様々な変化が生じていた。

まず、真っ先に明の目についたのは魔力値に追加された括弧と数字だった。

次いで、ミノタウロスを倒したことで生じたレベルアップと、達成したクエストの報酬によって得た大量のポイントが目に留まる。

そして最後に、新たに追加された項目である『インベントリ』と『シナリオ』という単語が、順に明の目に入った。

明は、それら一つ一つへと目を向けると、怪訝《けげん》な表情をして宙に浮かぶ画面を見つめた。

（なんか、いろいろ増えてるな……。謎の括弧と数字に、『インベントリ』と『シナリオ』？

……ああ、そう言えば、この二つもミノタウロスを倒してから出てきたんだっけ。確か、黄泉帰りの追加効果がどうのこうのって出てたけど）

インベントリもシナリオも、ゲームでよくある単語の一つだ。

『システム拡張スキル』という文字を見るに、それらの単語は一応、スキル扱いのようだが。

（相変わらず、ゲームみたいだな）

明は鼻を鳴らすように息を吐いた。

親しみやすさはあるが、同時に奇妙でもある。まるで、ゲームの中に入り込んだかのようだ。

(ひとまず、どんな機能なのか調べるか)

システムという文字が頭にあるが、スキルならば詳細が出てくるだろう。

そう考えて、明は画面の中の『インベントリ』の項目に手を触れた。

インベントリ

・
・
・
・
・

現れた画面は、明の考えていたようなスキルの詳細画面などではなかった。

インベントリという名前と、五つの空欄が表示されている。その他には何もない。

あまりにもシンプルすぎるその画面を見つめて、明の眉間には小さな皺《しわ》が寄った。

（……なんだこれ？　インベントリって名前から考えると、アイテムとかを収納出来たりするのか？）

試しに、と明は枕元のスマホを手に取ってそれを見つめる。

「インベントリ」

呟くと同時に、その画面には変化が生じた。

インベントリ
・スマホ×1
・
・
・
・

（表示が追加されたな。……けど）

ちらり、と明は手元に視線を落とす。

そこには、インベントリに表示されたスマホが残っている。

（ネット小説やゲームでよくある、アイテム収納とかそういうものとは違うみたいだな）

手元のスマホが消えていないのを見る限り、単純にアイテムを仕舞うものではないようだ。

明はじっと見つめて、画面に表示されたスマホの文字に手を伸ばした。


インベントリの『スマホ』を消去しますか？　Y／N

画面が切り替わって、確認を問いかける画面が現れた。

（消せるのか？）

まさか、登録したスマホごと消えるのか？

一瞬だけ身構える。が、すぐにその警戒を解いた。

(いまさら、スマホが消えても困らないか)

ネットはもう繋がらない。

充電は残り数パーセントだし、使い方があるとすれば時刻の確認をするぐらいだろう。

「試そう」

声に出して、『Y《Yes》』を押してみる。

すると、画面に表示されていたスマホの文字が消えた。

再び空欄となった画面が表示されているが、手元のスマホは消えずに残ったままだ。

(画面に登録していたスマホは消えたけど、手元のスマホは残ったまま、か。……よく分かんねぇな。個数表示を示すものがあったのを見る限り、同じ種類のものなら纏《まと》めることが出来るみたいだけど)

収納するわけでも、取り出すことが出来るわけでもなく、ただ画面に物の名前を表示させるだけ。

そのことに明は小さなため息を吐き出すと、インベントリの画面を消した。

(シナリオはどうなんだ?)

明は心で呟くと、ステータス画面の中にあるシナリオへと手を伸ばした。

現在、シナリオの活性化はありません。


（活性化？　まだ使えないってことか？）

試しに〝活性化〟と記された画面の文字を触れてみるが、変化は生じない。どうやらこの画面は、シナリオという謎のシステムが活性化されているのかどうかを知らせるためだけの画面のようだ。

明は画面を手で振り消すと、大きなため息を吐き出した。

「結局、何なんだコレは……。何か、説明的なものはないのかよ」

これがスキルだとするならば、今までのように効果の説明があっても良かったはずだ。けれど、今の状況では、追加されたこれら二つがどんなものなのかが見当もつかない。

（そういえばこの二つって……。『黄泉帰り』に追加された効果で使えるようになったもの、だっけ）

ミノタウロスを倒して現れた画面のことを思い出し、明は眉根を寄せながら考える。

（だったら、『黄泉帰り』の方のスキル説明を確認すれば、この二つの詳細も載っていたりするのか？）

物は試しだ。

明は『黄泉帰り』の文字に触れて、詳細を表示させた。

黄泉帰り
・パッシブスキル
・スキル所持者が死亡した際に発動し、スキル所持者はあらゆる因果律を歪《ゆが》めた状態で過去の特定地点へと回帰する。
・スキル所持者が特定地点へと回帰する際に、スキル所持者が選択した物も因果律を歪めた状態で回帰することが出来る。
・特定の条件を満たした人物がいた場合、その人物に対して特殊クエストが発生する。

「お！」

予想が当たって声をあげる。

（やっぱり、説明はこっちだったか。追加されたのは後ろの二つだな。えぇっと…………？）

画面の文字を読んで、動きが止まる。

それから、何かの間違いではないかと思い直して、もう一度頭から読んでみる。

「………マジ、かよ？」

ぼそりと、言葉が漏れた。

そこに追加されていた文字列の衝撃に、明は呆然《ぼうぜん》と画面を見つめていた。

数分ほど時間をかけて何度も、何度もそこに書かれた文字を読んで、ようやく。

明は、追加された『インベントリ』と『シナリオ』の二つがどういうものなのかを理解した。

（俺が死んだとき、俺が選んだ道具も一緒に過去へと戻ることが出来るようになった。早い話が、未来から過去へ、俺を介して道具を送ることが出来るようになった――ってことだよな）

インベントリに表示されていた、五つの項目を思い出す。

（なるほど。それで、選択形式か）

インベントリに表示されていたスマホが『×1』と表示されていたのを見るに、どうやら同じ道具であれば重複が可能であるようだ。

（まあ、確信がないからどこかのタイミングで『インベントリ』の性能を試さないといけないけどさ。……それよりも、問題は）

『黄泉帰り』の後半に追加されていた一文へと目を向ける。

（――条件さえ満たせば特殊クエストが発生する、というこの一文だ。その人物に対してってのが気にはなるが、悪い意味ではなさそうだ）

『特殊』なんて言葉からして、そのクエストの報酬はそれなりのものであるのは間違いない。

今まで受けてきたクエストの報酬も垂涎《すいぜん》ものであったのは間違いないが、普段とは違うクエストともなれば報酬に期待をしてしまうのも仕方がないだろう。

（そうなると、問題はどうすればそのクエストが発生するのか、だな）

特定の条件、と記されているのをみると何かしらの行動が必要なのだろう。

（んー……。殺されたモンスターと次の周回の時にもう一度会うこと、は違うだろうし）

現状、一条明に与えられたクエストシステムは、前回のループ時に殺されたモンスターと次のループ時にもう一度出会うことが条件となり、発生している。

今までのクエストがその条件で発生している以上、同じ条件で特殊クエストが発生するとは思えなかった。

（特定の条件……。特定の条件……。ダメだ、分からん）

これまでの記憶を辿《たど》り、思い当たることを考えるが身に覚えがない。

いろいろ試すにしても、取っ掛かりが無ければ条件そのものを見つけるのは不可能に近いように感じた。

（ひとまず、シナリオのことは一旦置いておくか。他にも気になることはあるし）

時間が出来た時にまた考えよう。

そう割り切って、明は思考を切り替える。

（魔力の項目に追加された括弧も気になるからな。括弧の中の数字と、外の数字が違うみたいだけど……。この括弧、ミノタウロスと戦う前は無かったよな？　ミノタウロス戦で何かしらの条件を満たしたから、この画面に出てきたってことか？）

と、そう考えた時だった。

ふと、明はその画面の違和感に気が付いた。

（いや、ちょっと待てよ。そもそも、ミノタウロスを倒して、俺のレベルは8つ上がってる。ってことは、俺の魔力の項目は括弧内の数字が正しいはず――――）

そこまで考えて、明は一つの事実に思い当たった。

（まさか）

確証はない。

確証はないが、考えられる答えは一つしかなかった。

（『疾走』を使ったことが原因、か？）

――疾走。それは、明がミノタウロスに挑むにあたって取得したスキルだった。

魔力を1つ消費し発動するそのスキルは、消費後の魔力値に応じて自身の速度を上昇させる。

だが、もしも。疾走を発動させた際に消費した魔力が、あの戦いから消費されたまま、元に戻っていなかったとしたら？

（あの時に消費された魔力値に、レベルアップ分の数値8を足せば、括弧外の数字である13にはなるな）

つまり、その画面が示すことは一つ。

（疾走を使えば使うほど、その魔力値はどんどん減っていき、スキル発動による速度の上昇の効果は回数を追うごとに弱体化していく。さらに言えば、魔力値そのものが、使用制限の回数にもなる……ということか）

それらのことを踏まえると、『疾走』スキルの最大の効果を発揮するには何かしらの手段で魔力を回復しなければならないということになる。

（確か、取得可能なスキルの中に、『魔力回復』ってスキルがあったな）

明は画面を操作すると、現在のポイントで取得できるスキルの一覧を表示させた。

数多くのスキルが表示されるその一覧の中から、目当てのスキルを見つけるとその詳細を開く。

魔力回復ＬＶ１

・パッシブスキル

・時間経過に応じて、損失した魔力を回復する。魔力の回復に掛かる時間は、スキルＬＶに応じて変動する。

魔力回復ＬＶ１を取得しますか？　Ｙ／Ｎ

（時間経過での回復……。スキルレベルに応じて回復時間が変わるってことだよな？　ＬＶ１だと、どのくらいの時間で回復するんだ？）

明は考え込むように唸り声を上げると、画面を見つめた。

ネットが生きてさえいれば、有志の誰かがこのスキルに関することも書き込んでいたのかもしれない。が、今となってはそれも考えるだけ無駄である。

直接出会った人に尋ねるか、自分で試すしか方法はないのだ。

（どちらにせよ、魔力は回復させなきゃいけない。となると、今のうちに取得しておいても損はないだろ）

心に決めて、明は『Ｙ《Yes》』を押す。

無事に取得したことを確認すると、明はスマホの画面で現在の時刻を見た。魔力回復ＬＶ１が、どれほどの時間で魔力を回復してくれるのかを調べるためだ。

（ひとまず、魔力のことに関してはこれで解決、と。あとは最初の予定通り、あのスキルも獲得しよう）

明は心で呟くと、再びスキル一覧を開いた。

以前から目を付けていたスキルを見つけて、選択する。

取得を問いかける文字に迷わず『Ｙ《Yes》』を押した。

スキル：自動再生ＬＶ１を取得しました。

瞬間、そのスキルを獲得した効果だろうか。

全身に重りを付けたように感じていた身体が、少しばかり軽くなったのを感じた。

（傷の回復、いや、肉体の再生能力を高めるスキルだな。ゲームみたいに回復呪文なんてものがないから、これは絶対に取ろうと思ってたんだよな）

ひとまず、全身が癒えるまでこのスキルで凌《しの》ぐしかない。

明は小さくため息を吐くと、新しく増えた項目や残りのポイントの使い方を考えるために再び画面へと目を向けた。

（これで、残ったポイントは44。あとは、そうだな。『身体強化』のスキルレベルでもあげておくか）

現在の『身体強化』はＬＶ２。スキルレベルを上げるために必要なポイントは30だ。

スキルレベルを上げるために必要なポイントはかなり大きいが、それ相応の効果が期待できるはずだ。

（レベルアップ30回分のポイントだ。せめて、一つの項目につき＋30は上昇してくれよ）

祈るような気持ちで、明はステータス画面を開いた。

一条　明　25歳　男　LV9（38）
体力：65　筋力：１６５（＋50ＵＰ）　耐久：１３４（＋50ＵＰ）
速度：１４９（＋50ＵＰ）　魔力：13【14】　幸運：39

ポイント：14

固有スキル
・黄泉帰り

システム拡張スキル
・インベントリ
・シナリオ

スキル
・身体強化ＬＶ３
・解析ＬＶ１
・魔力回路ＬＶ１
・魔力回復ＬＶ１
・自動再生ＬＶ１
・疾走ＬＶ１

ダメージボーナス
・ゴブリン種族　＋３％
・狼種族　＋３％
・植物系モンスター　＋３％
・獣系モンスター　＋５％

（ッ、よっし!!　ステータス値合計で１５０の上昇！　耐久も速度も三桁超えだ）

大きく上昇した自らのステータス画面に、明は満足げに笑った。

それから残りのポイントへと目を向けて、思案する。

（これで、残りのポイントは14か。今回のミノタウロス戦を考えても、魔力の項目はある程度伸ばしておきたいな。ポイントをいくつか割り振っても良《い》いような気もするけど……。新しいスキルで、自分の戦力を補強しておいたほうが良いような気もする）

とはいえ残りのポイントが限られているだけに、ここからの選択は慎重にならざるを得ないだろう。レベルアップやクエストが発生すればポイントはまた手に入るが、現状《この身体》ではそれがいつ出来るのかも分からない。

（そう言えば、前は『危機察知』や『索敵』が欲しいって思ってたんだよなぁ）

『危機察知』も『索敵』も、どちらも消費ポイントは5つだ。取得しようと思えば、それら二つのスキルも今なら取得することが出来る。

（うーん……けどなぁ……。二つのスキル効果を読む限り、『黄泉帰り』で戻れる分、取得の必要性が薄れるんだよなぁ）

『危機察知』は事前に訪れる危機を察知できるという効果で、『索敵』も周囲のモンスターや人を探しだす効果だ。どちらも便利だが、自分にとっての強敵かどうかなんて『解析』があれば見て分かることだし、戦闘中の危機――おそらく不意打ちや奇襲の類だろうが――は、一度回帰すれば相手の出方なんてすぐに分かる。

それは『索敵』に関しても同じことで、一度その状況を体験してしまえば、その時間にどのモンスターがどこに居るのかは、おおよその居場所が分かるようになる。

（それよりも、こっちのスキルの方が気になるんだよなぁ）

心で呟き、明はそのスキル詳細を開いた。

第六感ＬＶ１

・パッシブスキル

・スキルの所持者は五感以外の感知能力を有するようになる。また、五感では感じ取ることの出来ない、物事の本質を見極めることが出来るようになる。スキル所持者の第六感の強さは、スキルＬＶに依存する。

第六感ＬＶ１を取得しますか？　Ｙ／Ｎ

——第六感。いわゆる、直観や霊感などといった、理屈では言い表せない感覚のことだ。

（取得するのに必要なポイントは12ってだいぶ多いけど、このスキルは早めにとっておいた方がいい気がする）

理屈ではなく、ただの直観だ。

けれど、どうしてかは分からないが、出来るだけ早めに取得しておいた方がいいスキルのような気がした。

（まあ、使えないスキルってことはないだろうし）

言い訳するように自分自身に言って、明はポイントを消費して第六感を取得する。

（『第六感』を次のスキルレベルにするために必要なポイントは……40か。取得の時に使うポイントが多いからか、レベルアップに必要なポイントもなかなかだな）

スキルレベルを上げるのは当分、先のことになりそうだ。

（ひとまず、これで残ったポイントは2つ。あとは、そうだな。キリが良いところまで魔力に振り分けるか）

『魔力回路』の取得が遅かっただけに、ステータス画面の魔力値は低い。

それを補うには、現時点ではこうしてポイントを割り振って補完していく他に方法はないだろう。

（トロフィーで魔力値が伸びるものを獲得すれば楽なんだけど）

とそう考えながらも、明は魔力にポイントを1つ消費する。

（ん？）

そうして、ふと切り替わったステータス画面に違和感を覚えた。

（魔力値が３つ伸びてる？）

消費したポイントは１つだけだったが、上昇した魔力値の数値は３つだ。どうやら、ポイントの消費で伸びるステータスの数値は、レベルアップした時よりも多く設定されているらしい。

（……なるほど。ポイントを割り振れば自分好みの数値をより伸ばしていけるってことか）

スキルの効果やレベルアップによるステータスの上昇値は決まっている。

そのため、どうしてもステータスは特定の項目が伸びてしまう傾向にあるが、こうして獲得したポイントをステータス数値に変えていけば、自分好みのステータスへと変えることも可能、ということだろう。

（生命力を高めたければ体力値に、モンスターの耐久値を破る力が欲しければ筋力値に、モンスターの一撃を受けても丈夫な身体が欲しければ耐久値に——とそんな感じで、自分自身を自分好みにビルドしていく。このポイントは、そんな要素もあったんだな）

これまでの人生では、スキルによる恩恵が大きかっただけにポイントをスキル用だと割り切っていた。

だがここからは、状況に応じてポイントをステータスに割り振ってもいいのかもしれない。

（ひとまず、残った１ポイントも魔力に使うか）

一条　明　25歳　男　ＬＶ９（38）
体力：65　筋力：１６５　耐久：１３４
速度：１４９　魔力：19【20】（＋６ＵＰ）　幸運：39

ポイント：０

固有スキル
・黄泉帰り

システム拡張スキル
・インベントリ
・シナリオ

スキル
・身体強化ＬＶ３
・解析ＬＶ１
・魔力回路ＬＶ１
・魔力回復ＬＶ１

・自動再生ＬＶ１
・疾走ＬＶ１
・第六感ＬＶ１

ダメージボーナス
・ゴブリン種族　＋３％
・狼種族　＋３％
・植物系モンスター　＋３％
・獣系モンスター　＋５％

出来上がった自分のステータスを見つめて、明は満足そうに頷《うなず》くとステータス画面を消した。

（そう言えば、奈緒さんもモンスターと戦っていたんだよな？　今、どのくらいのレベルなんだろ）

ちらりと、明は寝息を立てる奈緒を見つめた。

モンスターが相手ならば、『解析』を使用することで相手のステータスを見ることが出来た。

それでは、人間が相手ならばどうなるのだろうか。

はたして、モンスターと同じ様に見ることが出来るのか？

（一応、解析のスキル効果は〝死体または生物なら有効〟だって書いてあったけど……。試してみるか）

明は、ゆっくりとその言葉を口にする。

「『解析』」

瞬間。明の前にその画面が開かれた。

七瀬　奈緒　27歳　女　ＬＶ16

体力：18　筋力：29　耐久：27

速度：28　魔力：9　幸運：18

ポイント：0

個体情報：レベル不足のため表示出来ません

所持スキル：レベル不足のため表示出来ません

（人が相手でも、出来るんだな）

表示された画面を見て、明は心の中で呟いた。

（レベル16って思ったよりも高いな。……ああ、いやそうか。今はもう、モンスターが強化された後か。ゴブリンだけを相手にしてても、二日ぐらいあればそれぐらいになるか？）

反転率が1％を超えることで、ゴブリンはレベル3からレベル5へと強化されている。レベルが変われば当然、それに応じて倒した時に得られる経験値も増えているだろう。

（まあ、レベルが上がればその分、危険度も増すんだけどな。最初の一匹目を倒せるのかどうかで大きく変わるし、奈緒さんはそのあたり上手《うま》く出来たみたいだ）

徒党を組んでモンスターと戦っていた集団を見たことがある。

もしかすれば奈緒もまた、誰かと一緒に戦ってきたのかもしれない。

（奈緒さんが取得しているスキルは、俺の『解析』ＬＶが低いから分からないけど……。ステータス項目の中で、やたらと伸びてる筋力、耐久、速度……。あと、表示されてる魔力ステータスってところを見るに、奈緒さんが取得したスキルは、『身体強化』と『魔力回路』の二つで間違いなさそうだな）

『魔力回路』の取得が早ければ早いほど、魔力値の数値はレベルアップで高くなる。

ネットが使えていたその時に、奈緒がその情報を手に入れたのかどうかは分からないが、こうして早い段階で『魔力回路』を取得しているのは間違っていないスキル選択だと思えた。

(でも、それだけだと残りのポイントと釣り合わないいんだよな……。いったい、なんのスキルを取得してるんだ？)

レベルアップで得たポイントと、それら二つを取得する際に消費したポイントを計算するに、奈緒が取得しているスキルはポイントを7つ消費して取得できるスキルのどれかだ。

(『自動再生』……あたりかな)

死に戻ることも出来ない奈緒からすれば、絶対に死にたくないと思うのは確かなことだろう。ならば、自身の身体の傷を癒す『自動再生』スキルを取得していてもおかしくはない。

(まあ、本人が起きたら聞いてみるか)

奈緒のことだ。聞けばきっと教えてくれる。

明は、そう考えて奈緒の解析画面を手で振って消すと、大きな欠伸を一つ溢《こぼ》した。

(身体が回復しきるまでなにも出来ないし……。寝るか)

モンスターが現れて世界が激変しているというのに、数日前とまったく変わらない穏やかな午後の日差しが部屋には降り注ぎ、そよ風がカーテンを小さく揺らしていた。

満身創痍となったことで体力そのものが低下していることも影響しているのか、温かな空気と爽やかな風に当てられて、眠気はすぐにやってくる。

数分もすると、穏やかな寝息を立てる二つの呼吸が、ゆっくりとその部屋の中を満たしていた。

◇

眠りに堕《お》ちていた明の意識が浮上したのは、部屋の扉を叩《たた》くノックの音だった。

「んん……？」

その音に、ベッドに突っ伏して寝ていた奈緒も起きたのだろう。

小さな声を出して、奈緒は身体を持ち上げると大きな欠伸を噛《か》み殺《ころ》す。

「ん、あぁ、ずいぶん寝たな」

そう言って、奈緒は時間を確認するように辺りを見渡した。

部屋は燃えるような茜色《あかねいろ》に包まれていた。ゆっくりと翳《かげ》りゆく部屋に春一番を思わせるような強めの風が吹き込んでいて、はたはたとカーテンが揺れている。

奈緒は、少しだけ寒そうに腕をさすると緩慢な動作で立ち上がり、開かれた窓を閉じた。

振り返ったところで、目を覚ましていた明と視線が合う。

「なんだ、お前も寝ていたのか？」

おそらくは、寝起きではっきりとしない、明のその表情をみて言ったのだろう。

明はその言葉に小さく笑うと、言葉を返した。

「誰かさんが、俺の傍で気持ち良さそうに寝ていましたからね。その眠気に当てられて」

「私が傍にいたから安心して眠れた、と？」

「まさか。車の運転中に隣で眠られると、余計に眠たくなるでしょ。それと同じです」

冗談めかして言ったその言葉に、奈緒が笑った。

「それだけ口が回るなら、調子は良さそうだな」

「ええ、もう平気です」

――コン、コン、コン、と。

二人の間に再度、ノックの音が響いたのはその時だ。

規則正しく叩かれるその音に、明と奈緒は視線を合わせる。

「どうぞ」

入室を促したのは明だった。

すると、すぐに扉が開いて一人の男が中へ足を踏み入れてくる。

「失礼します」

そう言って、明達の前に立ったのは、泥や返り血で汚れた迷彩柄の服を身に付けた自衛隊員だった。

歳《とし》の頃は三十代半ばといったところだろうか。百八十センチはあろうかという高い身長と、服の上からでも分かる鍛え上げられた肉体。短く刈られた丸い坊主頭と、身だしなみを整える暇もないのか口の周りには無精髭《ぶしょうひげ》が生えている。

男は、明達に向けてお辞儀をすると、ゆっくりとした口調で口を開いた。

「お話し中のところ、申し訳ございません。一条さんがお目覚めになられたと聞いて、挨拶に参りました。………………もしかして、お邪魔でしたか？」

明の傍に奈緒が居たからだろう。

軽部《かるべ》と名乗ったその男は、申し訳なさそうな顔になるとおずおずとした様子でそう言った。

「いえ、大丈夫です」

明は首を横に振る。

その言葉に安心を覚えたのか、軽部は穏やかな笑みを口元に浮かべると小さく頭を下げた。

「ありがとうございます。では、少しだけお時間を頂きます。……まずは、改めましてご挨拶を。私、陸上自衛隊の幹部自衛官をしている軽部稔《みのる》という者です。現在、我々自衛官は、そちらの七瀬さんを含めた一部の方と共に、モンスターからこの病院を守らせていただいております」

軽部の言葉に、明は奈緒へと視線を向けた。

奈緒が小さく肩をすくめる。

「軽部さんとその部隊の人達が、今はこの病院を守る要《かなめ》なんだ。とは言っても、自衛隊の人達も数が少ないから、私を含めて動ける人達が、自衛隊の人達と一緒にモンスターと戦ってる」

「そうですね。さきほども七瀬さんには大変助けられました。ありがとうございます」

おそらく、奈緒の言っていたキラービーとの間に起きた戦闘のことを言っているのだろう。

小さく頭を下げる軽部に向けて、奈緒は何でもないことのように軽く首を動かした。

「別に改まってお礼を言われるようなことじゃ……。私だって、自衛隊の人達には助けていただいてる身ですし」

「いえ、本来ならば、我々自衛官が国民のみなさまに力を借りることはあってはならないことで

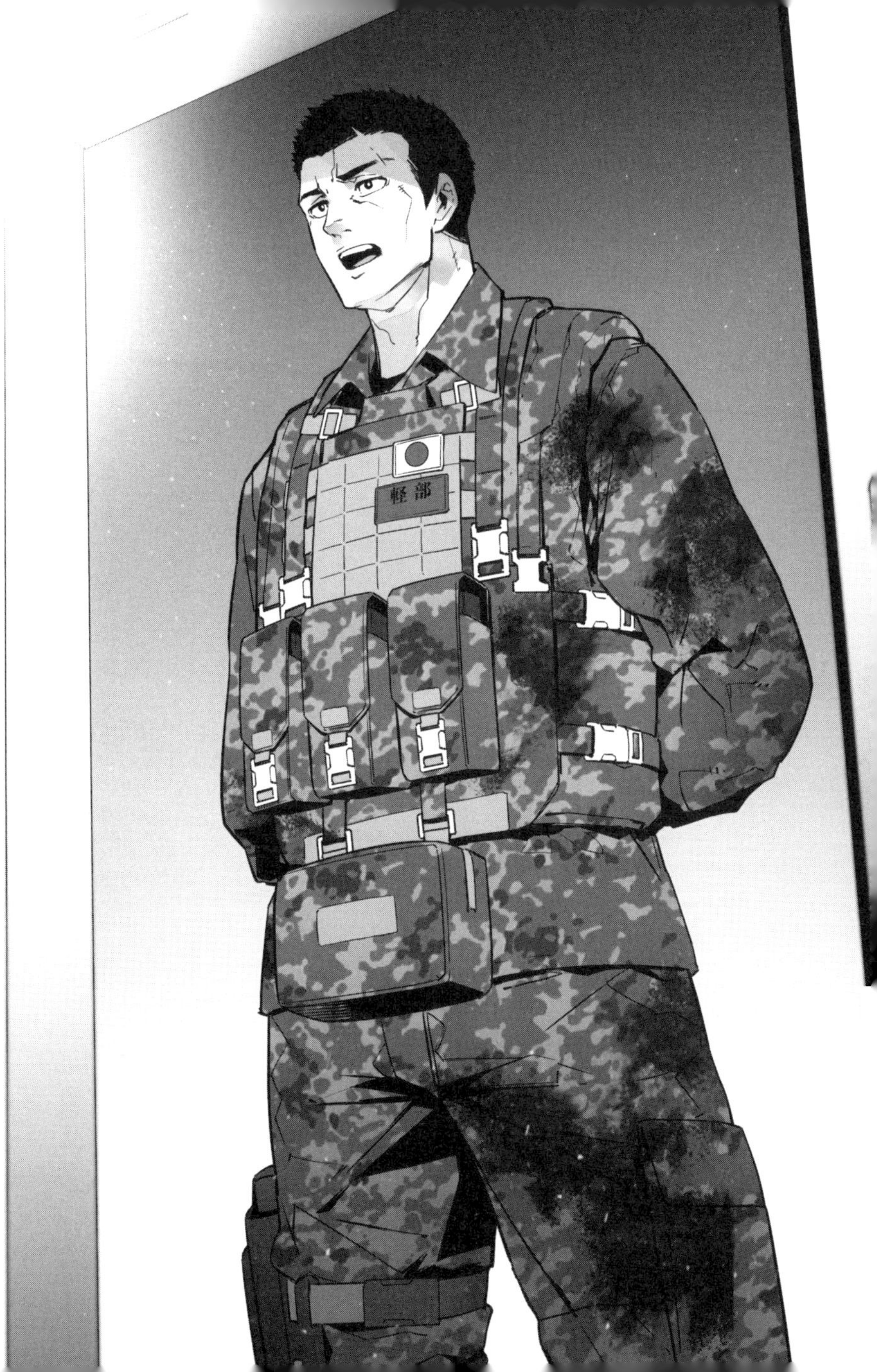
軽部

す。……ですが、出現したモンスターの数に、我々だけでは対処することも出来ず……申し訳ないかぎりです」

軽部はそう呟くと、困ったように眉尻を下げた。

「なるほど」

呟き、明は二人の関係をなんとなく理解する。

この世界にモンスターが現れると同時に、人々の中に出現したレベルとステータス、スキルという力によって、一般人と訓練を受けた者の差はかぎりなく無くなった。

もちろん、戦闘の際に生じる立ち回りなどでは雲泥の差があるだろうが、戦闘能力という意味ではほぼ等しいと言えるだろう。

何せ、モンスターが出現したあの瞬間から、全人類はある意味で一つのスタートラインに一斉に並んだのだ。

自衛官であろうが、軍人であろうが、一般人であろうが、レベルの始まりは全て1から。

最初のステータスに関しては、それまでに受けた訓練の結果がもしかすれば反映されているのかもしれないが、そんなものは、スキルの取得一つで大きく変わる。

そんな世界になってしまったからこそ、自衛隊が有志の一般人と共にモンスターに立ち向かっているというその話は、絶対にあり得ないことだと断定できるはずがなかった。

「七瀬さんは凄《すご》い方ですよ。モンスターがこの世界に現れた早い段階から、この場所を守るために、病院内に残された人達と協力をしてモンスターと戦っていました。我々が合流してから、最前線に立っているのはもちろん我々ですが……。しかし、今でも七瀬さんにはモンスターとの戦闘が生じた際には力を貸していただいております」

軽部はそう言って言葉を続けると、奈緒へと向けて小さく頭を下げた。

奈緒は、軽部のそのお辞儀を受け止めると首を横に振って答える。

「いえ、そんな……。私は、私に出来ることをしているだけですから」

「ありがとうございます」

軽部は、奈緒の言葉にまた感謝を示すように深く頭を下げると、小さく笑った。

「それにしても、良かった。一条さんが意識を失っている間、七瀬さんはずっと不安そうにしていましたから。一条さんが目覚めて、少しは顔色が良くなっているので良かったです。やはり、恋人が目を覚まさないというのは精神的に応えますからね」

「――――コッ⁉」

その言葉に、いち早く反応したのは奈緒だった。

ガタンッ、とパイプ椅子を倒しながら彼女は立ち上がると、軽部の言葉を遮るようにして大声を上げる。

「ちょ、ちょっと⁉　いきなり何を言ってるんですか⁉」

「何って……違うのですか？　モンスターが一度、病院内に入り込んだ際に、一条さんの名前を叫んで駆けつけていただではありませんか。だから、私はてっきり」

「あああぁッ！　やめてくださいッ、コイツの前でそんな話しないでくださいっ‼」

軽部の言葉を遮るように、奈緒は大声を出した。

その様子に、軽部は一瞬だけ呆気《あっけ》にとられた様子を見せて、すぐに何かを察したのかその口元に笑みを浮かべると、

「ああ、このことは秘密でしたか。申し訳ございません」

と、悪びれる様子もなくそう言った。

「では、お二人はいったいどういう関係で？」

「中学からの腐れ縁で、今は会社の先輩後輩ですよ‼　それ以上でもそれ以下でもないです！」

奈緒は軽部へと向けて言った。

それから、明へと視線を向けると次いで口を開く。

「一条も、黙ってないで言い返せ！」

「まあ、そうですね。奈緒さんとは付き合いが長いですが、別にそんなんじゃありませんし」

冷静な口調で明は言った。

付き合いは長いが、恋人関係になったことは一度もない。良き友人、良き先輩後輩という関係で奈緒との付き合いはずっと続いている。

「そ、そうだよな」

「だから、なんでそこで言葉に詰まるんですか……」

明は小さくため息を吐いた。

奈緒がこの手の話題に弱いのは昔からだ。普段が普段なだけに、あまりこういった話に対する免

疲がないのだろう。今時は小学生でももう少しまともな反応をしそうではあるが、明は、それも含めて奈緒らしいと考えていた。

（昔は奈緒さんの反応見てみんながイジっていたけど……。そうすると間違いなくキレるしな。仕方ない、助けるか）

心で呟き、明は会話の流れを変えるべく一つ咳払《せきばら》いを挟む。

「……それで？　軽部さん、でしたっけ。俺に何か用事があって来たんじゃないんですか？」

その言葉に、軽部も本来の用事を思い出したようだ。

表情を真面目なものへと改めると、明へと向けて姿勢を正して、深く頭を下げた。

「一条さん。まずはお礼の言葉を。あの時、あなたがミノタウロスを倒してくれたおかげで、この街に住まう多くの人々が救われたのだということを、我々はこの数日で強く思い知らされました。本当に、ありがとうございました」

その言葉に、明はため息を吐き出すと小さく首を横に振った。

「やめてください。別に、俺はこの街を救おうと思ってアイツを倒したわけじゃない。俺は俺のために、アイツを倒しただけです」

「ですが、あなたが居なければ我々は今よりももっと、苦境に立たされていたのは事実です。この言葉は、我々自衛官だけの言葉ではありません。この街に住まう、全ての住人からの言葉でもあります」

明は、軽部の言葉を聞いてちらりと奈緒へと視線を向けた。奈緒は明の視線に気が付くと、小さな頷きを返してくる。

どうやら、素直にその謝意を受け入れろということらしい。

「……分かりました」

小さく、明は息を吐きながら言った。

明が謝意を受けたことで、軽部がまた深く頭を下げてくる。

その様子に、明は無言となって軽部を見ていたが、ふと気になったことを聞いてみることにした。

「ところで、どうして自衛隊がここに？　ここは避難所の一つにでもなっているんですか？」

不思議そうな顔で、軽部が視線をあげた。

「分からないんですか？」

「分からない？　何がですか？」

「我々は、あなたがここに運ばれたと聞いてやってきました。逆に言えば、あなたがここに居なければ我々はここに駐屯していません」

「俺が居たから？　それって、どういうこと――――ああ、いやそうか」

察して、明は眉根を寄せた。

「俺が、ボスモンスターを倒したからですね」

「ええ、その通りです」

軽部は、小さく頷くと明を見据える。

「この世界にモンスターが現れて、我々はその恐ろしさを目の当りにするとともに、これまでの常識が通じないことを思い知らされました。銃で撃ってもすぐには倒れず、時には銃弾さえも跳ね返して、常識では考えられない生命力と力で我々を蹂躙《じゅうりん》する。中には、爆薬だろうが砲撃だろうが効かないモンスターも居たのです。アレにはさすがに肝を冷やしました」

軽部はその時のことを思い出すように、一度言葉を区切った。

けれどそれも束《つか》の間《ま》のことで、すぐにその言葉は再開される。

「しかし同時に、この世界にレベルやステータスの概念が発生したことを知って、それらがこれからの世界において重要な戦力の一つになると、我々は理解しました。……そんな時、ふいに耳にしたのです。この世界にモンスターが現れてすぐにミノタウロスという化け物を倒した人がいる、と」

明は、その言葉に大きく息を吐き出した。

続く言葉を想像することが出来たからだ。

「ミノタウロスを倒したその人は、重傷を負いながらもまだ生きていて、さらにはとある病院に運ばれたと我々は聞きました。そこで、すぐに我々はこの病院へと向かったのです。何としてでも、その人を死なせてはならない。そう、思ったからでした」

「死なれでもしたら、これから先、貴重なモンスターを倒す人が減るから、ですか？」

「否定はしません」

軽部は素直に頷いた。

「初めは、本当にその程度の認識でした。我々だけでは、多くの人を守ることは不可能です。だから、モンスターを倒す力があるのならば、力を貸してもらおうと思っていました」

そこまで口にすると、軽部は一度口を閉じた。

そして、僅かに疲れた表情を滲《にじ》ませると、残された言葉をゆっくりと吐き出す。

「……ですが。その考えも、モンスターが強化されたという画面が現れて、変わりました。この世界にモンスターが現れてから、今日で三日目です。この二日間、我々も――いや多くの人が一丸となってレベルを上げて、ステータスを伸ばし、スキルを取得しています。ですが、それでもまだ、新たなボスを討伐したという話は出てきません。我々人類が目にしたボスを討伐したという知らせは、一条さん。あなたが倒した、ミノタウロス以来、一度も出ていないのです」

軽部は、そう言うとジッと明の瞳を見つめた。

「隊の中には『解析』というスキルを取得した者も居ます。そこで、試しに頼んだのです。一条さんが倒したミノタウロスは、いったいどれ程のレベルだったのか、と」

その言葉に、明は僅かに眉を持ち上げた。

解析スキルは死体にまで有効だ。それは初期の段階で確認をしている。

モンスターを倒してもそこに死体が残ってしまう以上、あのミノタウロスが初日で挑み勝てるような存在でないことは、もう隠し通すことが出来ないのだろう。

「レベル45。その数字と、そのステータスを最初に見た時、とても驚きました。そして同時に、確信したのです。一条明という人は、我々にはない特別な力をきっと持っている。そして、その人が死んだとき、我々人類は本当の意味で破滅を迎えるのだと」

「大袈裟《おおげさ》ですね」

軽部の言葉に、明は思わず笑った。

「決して、大袈裟ではありませんよ。事実を述べています」

しかし軽部は、真剣な表情でそう答えた。

その表情を見て、明は笑みを消すと呟きを漏らす。

「だから、俺を担ぎ上げようと？　矢面に立って、誰よりも真っ先に凶悪なモンスターと戦えと、そう言うんですか？」

「単刀直入に言えば、そういうことになります」

「ッ、ちょっと！　黙って聞いていれば、いくらなんでもそれは――――ッ!!」

軽部の言葉に、奈緒が声を荒らげた。

「一条が、あの化け物を相手にどれだけ必死に戦って、死にそうな目にあったのか……。まさか、知らないなんて言いませんよね!?」

奈緒は、食って掛かるように軽部の元へと近づくと、間近からその顔を睨《にら》み付《つ》けた。

「あなた達も知っているでしょ!?　一条の怪我《けが》のことを!!　それだけの大怪我を負って、ようやく会話も出来るようになってきたばかりなのに、そんな、いきなりッ!!」

「分かっています」

「だったら!!」

「分かってはいますが、今はお願いするしかないんです！　私だって、命を懸けてこの街を救ってくれた人に、こんなことは言いたくはないんですよッ!!　…………でも、何をどう考えても、今はこの選択をとるしか、方法が無いんです……。そうでもしないと、我々人類はモンスターに負ける。時間が……必要、なんですよ」

軽部は、感情を押し殺すような口調でそう言った。

奈緒は口を噤《つぐ》んでいた。奥歯を噛みしめ、悔しさを滲ませながらも、それ以上のことが何も言えないようだった。

きっと、奈緒自身も今この場で取れる選択肢がそれしかないことを、十分に分かっているのだろう。

だから、返事の代わりに拳を握り奥歯を噛みしめて、静かに下を向いた。

軽部はそんな奈緒の様子を静かに見つめていた。感情の読めないその瞳は、やがて明へと向けられる。

「一条さん、申し訳ございません。実は、眠っているあなたにも、解析は使わせていただきました。その結果、あなたが今レベル9で――その低いレベルなのにもかかわらず、とんでもないステータスを持っていることはもう、我々自衛隊員は知っているのです」

「……ええ。そうでしょうね」

ミノタウロスの『解析』を行い、その強さを目にしたのならば、彼らの興味がその怪物を倒した自分へと向けられるのは自然なことだ。彼らには何の非もない。

「あなたに、特別な力があるのは明白です。しかし、それがどんな力なのかは………興味はありますが、今はあえて聞きません。ですがあなたに、我々にはない力があるのならば、その力を我々にお貸しください」

そう言って、軽部は何度目になるか分からない深いお辞儀をした。

軽部は、そのまま動かなくなってしまった。

まるで、明がその返事を受けてくれるまでこの場に居続けるとでも言いたそうな、そんな覚悟が見えていた。

「はぁ……」

明は、そんな軽部を見つめて、ため息を吐き出す。

元々、ボスモンスターを倒す気でいた。

しかし、この場ですぐに返事をしてしまえば都合よく願い事を聞いてくれるヤツだと、そう思われてしまうだろう。

体調も芳しくない。指先一つ、動かすのもやっとの状況だ。

一度、時間を置いてから改めて彼の言葉に返事をしても遅くはないだろう。

「……返事は、今じゃなくてもいいですよね？　今日は一度お引き取りください」

「分かりました」

軽部は明の言葉に頷き、小さく頭を下げると部屋を後にした。

閉じられた部屋の中に沈黙が広がる。

空を赤く染め上げていた太陽はいつの間にかその姿を完全に隠していて、部屋の中には夜の帳《とばり》が下りようとしていた。

扉の傍に備え付けられていた非常用の電灯が、仄暗《ほのぐら》い部屋の中を照らし始める。

奈緒は、電灯に照らされた影を作りながら固く唇を結ぶと、立ち上がった拍子に倒れたパイプ椅子を起こして、そこに腰かけた。

「………酷《ひど》い話だ」

静かに、奈緒は言った。

「気の遠くなるようなタイムループを繰り返して、お前はようやくあの化け物に勝ったというのに……。それなのに、お前はまた、化け物と戦うことを強要されている。目を覚ましたその日に、それこそ身体だってまだ治っていないのにだ!!」

呟かれた言葉に力が籠《こも》る。彼女が膝の上で握りしめた拳は怒りで微《かす》かに震えていた。

「確かに、軽部さんの言うように、お前が戦うことが現状では一番だろう。――けどッ！　少しぐらい……お前を休ませてあげても、いいじゃないか」

奈緒は、一条明が死ねばタイムループをすることを知っている。

それを知っているからこそ、奈緒は、休む間もなく明へと告げられた軽部の言葉に、理不尽な怒りを感じているようだった。

「でも、俺がやらないと、今は誰もボスに勝つことが出来ないのは事実です」

「それは！　それは……。そう、だけど」

奈緒は声を上げて、唇を噛みしめる。

「でも、だからって……。一条ただ一人に全てを押し付けるのは……あまりにも酷すぎる」

吐き出された言葉は細かく震えていた。

今すぐにでも泣き出しそうなほど、彼女はひどく悲しそうな顔をしていた。

明は、そんな奈緒の様子に小さく笑うと、ベッドに身体を沈めるようにして天井を見上げた。

「やる前から諦めない。それを、俺に教えてくれた人がいるんです」

ぽつりと、明は言った。

その言葉に、奈緒が顔を上げたのが分かった。

「その人はもう、その言葉を言ったことは知らないだろうけど。でも、その人のおかげで俺は今、ここに居ます。その人が居なければ、俺はあの時に全て諦めていたんです。……だから、ここに居るからこそ俺は、俺に出来ることがあるならやってみようと思います」

そう言って、明は奈緒へと視線を動かすと安心させるように笑みを浮かべた。

「大丈夫ですよ。俺はもう、大丈夫です。だって俺が辛《つら》い時、奈緒さんならきっと俺の話を聞いてくれるでしょ？」

「もちろんだ」

間髪を容《い》れずに奈緒は頷いた。

「私はお前の傍にいる」

「なら、大丈夫です。一人じゃないなら、俺は大丈夫」

静かに吐き出されるその言葉に、奈緒は明を見つめた。

非常灯に照らされる彼女の瞳が小さく揺れていた。それは、自分の中にある不安と恐怖と戦っているかのような瞳だった。

しかしその瞳も、やがて決意を固めるように力が籠る。

「一条」

彼女が小さな声で彼を呼ぶ。

「お前がボスの討伐に行くなら、私も行く」

「っ！　奈緒さん、それは」

「分かってる‼　私自身、分かってるんだ。今の私が、一条に付いていっても、足手まといにしかならないって」

狭い個室の病室に、彼女の言葉が反響する。

その言葉は、次第に熱を帯びていくかのように大きくなる。

「でも、それでも……‼　私は、お前と一緒に戦いたい。お前が死に物狂いで戦うんだったら、私も傍で戦いたい‼」

「……奈緒さん」

その言葉に、明はタイムループに疲れ、先の見えない未来に絶望していたあの時のことを思い出す。

何もかもを諦めていたあの時の自分に、奈緒は言ったのだ。

『お前は、一人じゃない』『お前が死に物狂いで戦うのならば、私も一緒に死に物狂いで戦う』、と。

あの言葉がいま、幾度ものループを経てまた繰り返されている。

時を越えて、何も知らないはずの今の彼女が再びそう言ってくれている。

それが、何よりも嬉《うれ》しかった。

改めてこの世界で自分はひとりではないのだと実感した。

「ありがとうございます」

どんなに時を重ねて世界が変わろうとも、目の前にいる彼女は、一条明《自分》のよく知る七瀬奈緒なのだ。

守らねばならない。

何があろうとも、彼女だけは絶対に守り抜かなければいけない。

「お前だけがひとりでボスに挑むなんて、こんなの……絶対に間違っている‼」

だから、と。彼女は言う。

「一緒に戦わせてくれ、一条！」

はっきりと、彼女は言った。

変化が生じたのはその時だ。

――チリン、と。

ふいに、鈴の音を思わせるような軽やかな音が鳴って、一つの画面が明の前に表示された。

特定の条件を満たしました。
シナリオが活性化されます。

七瀬奈緒のシナリオ【あなたと共に】が発生します。
七瀬奈緒は、あなたの境遇をよく理解し、あなたの力になろうとしています。
あなたは七瀬奈緒と共に協力し、この世界に現れたボスを討伐してください。

なお、このシナリオの受諾は任意です。
あなたにはこのシナリオを拒否する権利があります。
このシナリオ中、七瀬奈緒にはあなたの持つ〝黄泉帰り〟の力が適応され続けます。
七瀬奈緒がこの力を失うのは、シナリオ終了時です。

七瀬奈緒のシナリオ【あなたと共に】を開始しますか？　Ｙ／Ｎ

「…………え？」

そこに表示された文字を読んで、明の口から呆《ほう》けた声が漏れ出た。

（なんだ？　シナリオの活性化？　それに特定の条件を満たしたって、なんで、このタイミングで）

「どうした？」

現れた画面に目を奪われて、急に考え込んだ明を見かねたのか奈緒が不思議そうな顔となって尋ねた。

明は、その声に視線を動かすと躊躇《ためら》いがちに声を出す。

「いえ、その……。実は、シナリオが活性化されたって画面が出てきて」

「シナリオ？　そんな画面、私には出てないが」

怪訝な顔となって奈緒は宙を見つめた。

奈緒にその画面が出ていないのも当然だ。『シナリオ』は、明の持つ『黄泉帰り』の追加効果によるものなのだ。

『黄泉帰り』が一条明の固有スキルである以上、奈緒にはその画面が現れず、見えていない。

（つまり、このシナリオとやらの開始の有無は、俺だけが選べるってことか）

明は少しだけ考えて、奈緒にシナリオのことを話すことにした。

タイムループのことだって奈緒には伝えている。彼女にシナリオのことを話してもなんら問題はないはずだ。

「……なるほど」

奈緒は、明から告げられる話を無言で聞き終えると、小さく息を吐いて考え込んだ。

「つまり私が今、お前と一緒に行くと言ったから、そのシナリオとやらが発生したんだよな？」

「タイミング的にも、きっとそうでしょうね」

「うん。だったらその特定条件とやらは、お前に協力したいって心から思うことなのかもしれない」

その可能性は十分にありえる。

けれど、それはまだ仮説だ。たった一回の情報では、確定させることは出来ない。

「そうかもしれません」

明は奈緒の言葉に一度頷いた。

「ですが、結論付けることはまだ出来ないです。せめてあと、もう一回。シナリオが発生しないことにはなんとも」

「まあ、そうだな」

奈緒も、明の言葉に理解を示したのか頷いた。

「だけどちょうど良かった。一条、そのシナリオとやらを受けてくれ。そうすれば、私はお前と一緒に死んでも生き返ることが出来るんだろ？　だったら、これからボスを倒しに行くのに都合がいいじゃないか」

「都合がいいって――――ッ、奈緒さんッ！　その言葉の意味が分かって」

「分かってる」

奈緒が頷く。

「分かってるさ。それがどれだけ辛くて、苦しいことなのかも。全部、目を覚ましたお前が真っ先に教えてくれたじゃないか」

　言って、彼女は口元に微笑《ほほえ》みをたたえると、パイプ椅子の背もたれに体重を預けて天井を見上げた。

「あの話を聞いて、私は思ったよ。どうして、私にはお前のような力がないんだろう。私にもステータスがあるのに、どうしてお前とは違うのかって。……正直に言って、悔しかった。お前ひとりが頑張る必要はないのに、頑張らせることしか出来なかった私自身が不甲斐《ふがい》ないと思った」

　ちらりと奈緒は明を見つめる。

「……でも、そのシナリオとやらを受ければ、私もお前と同じになれる。いいや、もっと言えば、お前の苦しみを一緒に背負うことが出来るんだ。一条、ついさっき私は言っただろ？　お前が死に物狂いで戦うなら、私も死に物狂いで戦うと」

　奈緒はそう言って、明へと向き直った。

「だから、頼む。一条、そのシナリオとやらを受けてくれ。私も、お前と一緒に戦いたいんだ」

「でも……」

　それ以上の言葉が出なかった。

　明は無言となって、そんな彼女の顔を見つめた。

　頭の中ではいろいろな言葉がぐるぐると回っている。奈緒をこの地獄に巻き込んでもいいはずがないと、その願いを断る様々な言葉が頭の中に湧いてくる。

『黄泉帰り』は危険だ。

力を身に付けることが出来るが、同時に心を壊すこともあり得るものだ。

そんな力を、一時的とはいえ彼女に与えていいものか？

「奈緒さん」

しばらくの間を置いて、明は彼女の名前を呼んだ。

「黄泉帰りはおそらく、きっと。奈緒さんが思っているほど万能な力じゃないです。死んだ時の痛みも、恐怖も、苦痛も、何もかもを覚えたまま次の瞬間には生き返っています。いや、生き返ってしまうんです。それでも、あなたは……この地獄に足を踏み入れようと、そう思いますか？」

その言葉に、奈緒はゆっくりと首を縦に振った。

「もちろんだ。だってその地獄にはもうお前がいるんだろ？　一人じゃないなら怖くない。……なんて、胸を張って言いたいところだけど、本当はちょっと、いやかなり怖い。けど！　お前が傍にいるなら、私は大丈夫だ」

その言葉に、明は思わず笑った。

彼女との付き合いは長い。

だからこそ明は、七瀬奈緒という人物がどれほど自分に真《ま》っ直《す》ぐで、一度決めたことは最後までやり通す人なのかを知っている。

奈緒はもう覚悟を決めている。

一条明という男と共に、最後までこの地獄に付き合う覚悟を決めているのだ。

——ならば。

明の答えは、一つしかなかった。

「…………分かりました」

明は奈緒の顔を見つめた。

「奈緒さん。俺と一緒に、死に戻ってくれますか？」

その言葉に、奈緒は笑った。

「ああ。もちろんだ」

明は奈緒に笑い返した。

そして、覚悟を決めたかのように表情を改めると、ゆっくりと画面に手を伸ばした。


七瀬奈緒のシナリオ【あなたと共に】が開始されます。

これより、七瀬奈緒にはあなたの〝黄泉帰り〟の力が適応されます。

シナリオクリアの条件は、七瀬奈緒と共にボスモンスターを討伐することです。

ボスモンスター撃破数　0／1

これでもう、後戻りは出来ない。

一条明の死は、少なくとも七瀬奈緒がタイムループする原因となってしまった。

(俺に、全てが掛かってるんだ)

明は、拳を固めて奈緒を見つめた。

こうなった以上、彼女はもう一心同体だ。これからボスに挑むにあたって、お互いのことは全て知っておくべきだろう。

「奈緒さん。これから一緒に行動するなら、俺のことは知っておいたほうがいいと思います。だから、俺のステータス、スキル、その他もろもろ。すべてを、これから話します。だから、奈緒さんも獲得したスキル、戦闘スタイルなど、俺に教えてください」

真剣な表情で呟かれるその言葉に、奈緒は静かに頷いた。

「ああ、わかった」

シナリオ開始

明《あきら》は、この世界をループすることになった原因である『黄泉《よみ》帰り』スキルのほか、今の自分に与えられている全てのことを奈緒《なお》に打ち明けた。

レベルのこと。ステータスのこと。スキルのこと。

そして、クエストやトロフィーといったシステムのこと。

奈緒は、明の語るそれらの内容の全てに驚き、それらの中でもクエストやトロフィーといった単語に対して深い興味を示していた。

やはりと言うべきか。クエストやトロフィーといった力は、一条《いちじょう》明だけが持つ特別な力だったらしい。

明が目を覚ますまでの間、奈緒は生き残った人々と様々な情報を交換してきたようだが、そんな話は一度たりとも聞いたことがない、と首を横に振っていた。

「やっぱり、クエストやトロフィーは俺だけに与えられたものだったんですね」

「クエストやトロフィーというより、そもそも、この病院内ではお前以外に固有スキルを持っている人が居ないんだ」

「えっ、そうなんですか?」

「ああ。少なくとも、私の周りでは聞いたことがない」

それだけ特別なんだよ、と奈緒は小さく息を吐く。

「だから固有スキルを持っているってだけで注目の的になる。お前がどう思おうが、周りはお前に期待する。……気を付けろよ。ただでさえお前は、牛男だのなんだのと言われて有名なんだ」

「は？　牛男？」

聞き慣れない呼び名に、明は呆《ほう》けた声を出した。

奈緒は、そんな明の言葉に少しだけ怪訝《けげん》な顔をすると、やがて何かに思い当たるように「あぁ、そうか」と納得した表情となって、すぐに口を開く。

「そう言えば、お前自身は知らなかったか。……あの夜、ミノタウロスを倒すお前の姿がＳＮＳ上に晒《さら》されたんだ。たぶん、あの場に居た誰かが動画を撮っていたんだろうな。手ぶれが酷《ひど》くて正直、まともに見ていられたものじゃなかったが……ハハッ、正直よく撮れてるなって思ったよ」

目にした動画を思い出したのだろう。奈緒は小さく声をあげると笑った。

「何せ、人類が初めてボスモンスターを倒した瞬間の映像だ。バズりにバズって、再生回数は半日で一億を超えていた」

「いや、だからって誰が牛男だなんて変なあだ名を」

「その動画が拡散された時に、誰かが言い出したんだよ。猛牛を倒したサラリーマン――牛男だってな。他には、そうだな……。私が見た限りでは、ギリシャ神話になぞらえて『テセウス』ってお前のことを呼んでたやつもいたし、『素手で牛を殴り殺そうとしたヤバいヤツ』って言ってるやつもいたな。まあ、その中でも私が一番気に入ってるお前の異名は『バッファ〇ーマン』だ。あれは、お前が素手でミノタウロスと戦っていたのを考えても、いい異名だったと思う」

言って、奈緒は一度言葉を止めるとニヤリと笑う。

その笑顔に向けて、明は盛大に顔を歪《ゆが》めると大きなため息を吐き出した。

「やめてくださいよ。まさか、こんなところでデジタルタトゥーを残すことになるとは思わなかった」

「なんで？　良《い》いじゃないか、牛男。カッコイイぞ」

「本気で思ってます？」

「もちろん」

表情を改めて奈緒がこくりと頷《うなず》く。

しかし、その真面目な口調とは裏腹に、奈緒の口元がこみあげる笑いを我慢しているかのようにヒクヒクと動いているのを明は見過ごさなかった。

（……この人。絶対に、牛男のあだ名を面白がってるだろ）

まさか、言い出しっぺはこの人じゃないだろうな？　と明はジト目になって奈緒を見つめた。

「ま、まあ。そんなわけでだ」

すると、そんな明の視線から瞳を逸《そ》らして、奈緒が小さな咳払《せきばら》いを挟んで話題を変えてくる。

「ただでさえ有名なお前が、固有スキルの他にもクエストやトロフィーといった力があることを知られれば、きっと、今の比にはならない厄介事に巻き込まれる。中にはお前を特別視するあまり、お前の存在そのものを非難するヤツも出てくるかもしれない」

「分かってます」

　奈緒の言葉に、明は頷いた。

　特別な力を持つ者に向けられる感情は、期待や羨望といったものだけではない。妬み僻《ひが》みはもちろんのこと、好転しない現状の責任を力のある者へと押し付けるヤツだって出てくるだろう。

「理由もなく言いふらしませんよ」

「だといいがな」

　奈緒はそう言って、明の言葉に鼻を鳴らした。

「話を戻しましょう。ひとまず、俺が持ってる力は今ので全部ですが……。その、奈緒さんは」

「ああ、分かってる。今度は私のことだろ？」

　明の言葉を察して、奈緒は頷いた。

「とは言っても、お前に比べたら話すことは何もないんだけどな。まず、今の私のレベルが」

「ああ、いえ。実はもう、そのあたりのことは済ませました」

「済ませた？　それってどういう――っ、そうか。『解析』か。さては、私が寝ていたあの時に、私のステータス画面を見たんだろ？」

　その言葉に、明は無言で肯定を示した。

　奈緒は、そんな明の様子に小さなため息を吐き出すと、咎《とが》めるような視線を明へ向ける。

「プライバシーの侵害だ」

「まさか。ステータスですよ？　スキルさえあれば、誰だって見ることが出来る」

「そのステータスは、今は個人情報となんら変わらないだろ。許可なく覗《のぞ》くのは感心しない」

「そりゃまあ、そうですけど」

気持ちは分かるが、そんなことを言い出せばキリがない。そもそも、ステータスはあくまでもその人の強さを示すものだ。それ以上もそれ以下もないはずだ。

と、そんなことを考えていた明の思考を読んだのだろう。

奈緒は小さくため息を吐き出すと、ぽつりと呟《つぶや》いた。

「名前」

「え？」

「自分の名前、押してみろ」

言われるままに、明は自らのステータス画面を呼び出し、名前をタップする。

すると、画面が切り替わって身長や体重といった身体情報がズラリと表示された。

「……驚いた。まさか、こんな機能があるなんて」

「初日の夜に発見されたんだ。わざわざ自分の名前を確かめるヤツもいないし、知らないのも無理ない」

「ちなみに、この画面って『解析』を使った相手のも？」

「見たら殴る」

「ア、ハイ」

向けられた冷たい視線に、明は頷いた。

興味はあるが、奈緒は本気だ。バレたらただでは済まないだろう。

「あー、えっと。それじゃあ、奈緒さんが取得したスキルを教えて欲しいのですが」

会話の流れを変えるように、明は言った。

奈緒は、しばらくの間、明の行動を疑うように瞳を向けていたが、やがてその瞳もため息とともに逸らされる。

「私のスキルは『身体強化』、『魔力回路』、そして『初級魔法』だ」

「初級魔法、ですか。どうしてまた……。言っちゃあ何ですが、奈緒さんのイメージには合わないです」

どちらかと言えば、奈緒は前線で戦うイメージだ。

剣や盾を構えて敵陣で動き回っているほうが彼女らしいといえる。

「そうだな。私も、最初は『初級魔法』なんか取るつもりがなかったんだ。けど、自衛隊と合流してからは、前には出ずに後ろで援護をすることが多くなった。それならばいっそ、魔法なんかを使ってみようと思ったのさ」

それに、と。

奈緒は呟き、悪戯《いたずら》っぽく笑う。

「せっかく、異世界が向こうから来てくれたんだ。だったら、それらしいことしてみたいだろ？」

「なるほど」

明は奈緒の言葉に笑った。奈緒の言いたいことが理解出来た。

明自身、魔法に興味がないと言えば嘘《うそ》になる。いつかは取得したいスキルの一つではあるが、現状、ポイントに余裕はなく取得は後回しになっている。

さらには今までの繰り返しの中で、モンスター相手に確立した戦闘スタイルが生粋の戦士《ファイター》スタイルなだけに、今さらそれを崩すのもな、という思いもあって取得には手が伸びなかった。

「『初級魔法』を取得したってことは、奈緒さんは魔法が使えるんでしょ？　どんな魔法が使えるんですか？」

「『衝撃矢《ショックアロー》』っていう遠距離魔法だよ。今は一つしか使えない」

奈緒は小さく肩をすくめる。

「スキルレベルに応じて使える魔法は増えるらしいけどな。次のレベルに必要なポイントが10だから、そう簡単に上げられないんだ」

なるほど。ゲーム的な思考で言えば、10レベルで一つの魔法を覚えていくような感じだ。

「魔法の威力ってどのくらいか分かります？」

「んー……スキルの詳細画面には、魔法のダメージはスキル所持者の魔力値に応じて変動するって書かれてるな」

ステータス画面からスキルの詳細を見ているのか、奈緒は何もない宙を見つめながら言った。

「魔法の発動に必要なものは何かあります？　例えば、ほら、杖《つえ》とか」

「別に、何もないよ。ただ、魔法を放つ方向を決めるのに道具があった方がいいのは確かだ」

「なるほど……。それじゃあ、アニメとか漫画でよくある、詠唱とかは？」

「それも必要ない。強いて言えば、魔法を使うぞっていう気持ちかな。相手に向けて、この魔法を使うって考えながら、その魔法名を口にすると簡単に魔法は発動する」

『疾走』と同じタイプなのかな。と明は思った。

『疾走』や『解析』といったスキルも、ただ口にするだけではスキルが発動しない。

意思を持って、そのスキルの名前を口に出すなり心で呟くなりしなければ、そのスキルは発動することがないのだ。

「それじゃあ、魔力の消費は？　発動で減ったりしませんか？」

「それも無いな。ただ、魔法を発動すればするほど身体の中が熱くなって、徐々に疲れてくるんだ。心臓は信じられないぐらい暴れ回るし、息だってすごく上がる。さらに限界まで来ると頭痛が酷いし、吐き気も出てくる。今はそれ以上に魔法を使ったことがないから分からないが、それ以上使い続けると、きっと気を失うだろうな」

つまりは、魔力の消費はない代わりに魔法の発動で体力を消耗するということだろうか。

（体力が無くなれば動けなくなるし、実質、発動に制限があるようなものだな）

奈緒から聞かされたそれらの情報を前に、明は唸《うな》り声を出して考え込んだ。

どうやら奈緒の取得した『初級魔法』は、『疾走』などの魔力消費によって発動するタイプとは魔力の使い方が異なるらしい。

例えるなら、身体という器の中に溜《た》められた魔力を汲《く》みだし、まったく別の力に換えているのが『疾走』というスキル。それとは別に、器の中に溜められた魔力を汲みだすことなく、体内で循環させて発動させるのが『初級魔法』スキルといったところだろう。

(もともと、魔力なんてものは俺たちのステータスになかったんだ。俺たちはただ『魔力回路』というスキルの力を借りて、魔力を身体の中に溜め込んでいるだけにすぎない。その溜め込んでいる場所が回路そのものなのか、または別の場所なのかは知らないが、溜め込んだ魔力を消費して別の力へと換えるスキルと、溜め込んだ魔力を体内で循環させ、魔法を発動させるスキルとでは魔力の使い方がまるで違う)

　明は難しい顔で考え込みながら、自分のステータス画面にある『魔力回路』のスキル詳細を開く。

(身体の中に創られたその『魔力回路』ってやつが、ファンタジーなんかでよくある魔法陣と同じものなのだとしたら……。魔法を発動させる時に、溜め込んだ魔力がぐるりと体内で循環することによって、刻み込まれた魔力回路そのものが初めて活性化する。するとようやく、回路は魔法陣としての機能を果たし、魔法が発動する――とか、そんな感じか?)

　確証はないが、真実に近いだろう。

　根拠はないが、そう確信できるだけの直観が明の中にはあった。

(……だとすれば、だ。『魔力回路』のスキルレベルを上げさえすれば、魔力による身体の負担は少なくなるんじゃないか?　そうなれば、魔法の発動回数は増やせる可能性があるな)

『魔力回路』のスキル詳細には、回路の大きさはスキルレベルに依存するとあった。

　魔法の発動にどれだけの量の魔力が体内を循環しているのかは分からないが、細い回路に魔力という水を流すのと、太い回路に魔力という水を流すのとでは、後者のほうが圧倒的に〝圧〟は少ないだろう。圧が少なければ、それだけ身体も楽にはなるはずだ。

明は、一度それで結論を出すと、思考を切り替えた。

「魔法でどの程度戦うことが出来ますか？」

「ゴブリンなら二回。それ以外のモンスターなら、種類にもよるが五回から七回で倒せるといったところだ」

思っていたよりも魔法の威力は強力だった。

今は一回目の強化がされた後だ。

奈緒の魔力値は9とまだ少ない。そんな状況で、ゴブリンを二回の攻撃で倒すことが出来れば上出来と言えるだろう。

これなら確かに、援護に回ってさえいれば十分な戦力になりそうだ。

そう考えた明は、大きく息を吐いて奈緒を見つめた。

「……だいたい分かりました。取得したスキルを考えても、これからの戦闘は俺が前に出て、奈緒さんが後ろから俺の援護をするか、もしくは弱ったところにトドメを刺す形にしましょう」

「分かった。……けど、本当に大丈夫なのか？　お前は、その……」

言って、奈緒は気遣わしげな視線を向けた。

明は、すぐにその視線の意味に気が付く。

「大丈夫です。『自動再生』のおかげで、少しずつですが身体も調子を取り戻しています。明日にはきっと、動けるようになるはずです」

事実、打たれた鎮痛剤は切れ始めているのに、身体を苛《さいな》む痛みが消え始めている。

この調子ならばきっと、明日には全快か、もしくはそれに近い状態にまでなっていることだろう。

「それなら、いいんだ」

奈緒は心配そうにそう呟くと、ゆっくりと息を吐き出す。

「ひとまず、今日はゆっくりしてくれ。さすがに、それぐらいは許されるだろ」

「ありがとうございます」

素直に、明は奈緒の言葉に頭を下げた。

奈緒は明に向けて頷くと、そっとパイプ椅子から立ち上がる。

「一度、病院内を見回ってモンスターが入り込んでないのか調べてくる。自衛隊の人たちがそのあたりのことは済ませてるだろうが、自分の目で確かめたいからな」

「分かりました。俺はもう一度、身体を休めます。体力が減ってるからか、さっきから眠くて……………」

言って、明は欠伸《あくび》を噛《か》み殺《ころ》した。

それを見た奈緒は小さく笑うと、

「ああ、おやすみ」

そう呟いて、静かにその部屋を後にした。

明は誰もいなくなった部屋に向けて息を吐き出すと、ゆっくりと瞼《まぶた》を下ろした。

頭の中では今後のことがぐるぐると回っている。

その一つ一つに明は思考を向けていたが、やがて意識はゆっくりと眠りの淵《ふち》へと落ちていった。

※

日付が変わった。
それは同時に、世界反転率がまた進むことを示していた。
生き残った人々は息を飲んで、その画面を見つめる。いや、見つめ続ける。
どうか無事に、昨日という日から今日が続きますように——と。

現在の世界反転率：3・01%

そうして、その数値が3%を超えた時。

誰もがみな大きな息を吐いて、今日もまたモンスターが強化されないことに安堵《あんど》して、ようやく床に就いたのだった。

そしてそれは、七瀬《ななせ》奈緒も同様だった。

「………………ふぅ」

息を吐き出し、奈緒は出現させた画面を消した。

緊張からか手のひらに浮かんだ汗をズボンで拭うと、奈緒は懐からシガレットケースを取り出す。

残り少なくなったその中身に目を向けて、そのうちの一本を手に取って、その先端へと火を灯《とも》した。

「すぅ――……。ふぅー……」

夜空を見上げて、そこに浮かぶ半分に欠けた月に向けて紫煙を吐き出した。

吐き出された紫煙は月には届かず、やがて夜空と合わさるようにして消えていく。

奈緒はそれをぼんやりと見つめながら、明と交わした会話のことを思い出していた。

(黄泉帰り。クエストにトロフィー、そして、インベントリとシナリオか。……どうして、アイツだけが私たちと違うんだ？)

特別扱い、と言ってしまえば簡単だろう。

実際に、明がミノタウロスを倒す動画が拡散された時には、レベルとステータスが出現してすぐに、目に見えて強いモンスターを倒せるのはおかしいと、ネット上では指摘されていた。

そうした指摘の中では、ゲームらしき画面が現れるようになったことに例えてか、明を〝チータ

――〟呼ばわりしている声も多かった。

（今日、聞いた話を考えれば、確かにアイツはチーターだ。そう言われても仕方ないかもしれない。けど……）

奈緒は知っている。

ミノタウロスに挑む前の、悲壮な決意を固めた明のあの表情を。

ミノタウロスを倒し終えて、目を覚ました明が流したあの涙を。

もしもこれが、ただの特別扱い《チーター》なのだとしたら、どうしてあの時、彼は涙を流さねばならなかったのか。

「…………………」

奈緒はタバコのフィルターを噛《か》みしめた。

ゆっくりと大きく息を吸い込み、深いため息と共に吐き出した紫煙は夜空に溶けて消えていく。

そうして、奈緒が静かにタバコをふかしていたその時だ。

「眠れませんか？」

いつの間にやって来ていたのだろうか。

突然かけられたその声に奈緒が目を向けると、軽部《かるべ》稔《みのる》が背後に立っていた。

軽部は、奈緒の隣に立つと静かに口を開く。

「あまり感心しませんよ。正面玄関の前とはいえ、一人で病院の外にいるのは」

「しょうがないでしょ。中は禁煙なんです」

「真面目ですね」

奈緒の言葉に、軽部が笑った。

「では、そんな七瀬さんに一つ、お願いをしてもよろしいですか？」

「お願い？」

「タバコ、一本分けてくれません？」

その言葉が予想外だったのか、奈緒は微《かす》かに目を見開くと、その口元を吊《つ》り上《あ》げるようにして笑った。

「どうぞ」

言って、奈緒はシガレットケースとライターを手渡す。

軽部はケースの中から一本を取り出すと、ライターを灯して火を点《つ》けた。

「ふぅー………」

大きく吐き出された紫煙へと奈緒は目を向ける。

軽部に倣《なら》うようにしてタバコを燻《くゆ》らせると、静かに口を開いた。

「やっぱり、軽部さんも眠れなかったんですね」

その言葉に、軽部も奈緒が何を言いたいのか気が付いたのだろう。

その口元に恥ずかしそうな笑みを浮かべると、小さく頷いた。

「……ええ。もしかすれば今日また、モンスターが強化されると思うと、さすがに寝ていられませんでした。まあ、起きていたところでどうすることも出来ないんですけど」

「違いない」

奈緒は軽部の言葉に笑った。

それから、二人の間には自然と会話が途切れる。

軽部も奈緒も、ぼんやりと宙を見つめて、それぞれが何かしら深く考え込んでいるようだった。

しばらくすると、奈緒がタバコの火を地面に押し当て消した。

携帯灰皿を取り出し、その中へと吸い殻を仕舞い込む。どうやら、一服を終えた奈緒はこの場を立ち去るつもりらしい。

軽部は、そんな奈緒の行動を見守っていたが、やがて思い切るようにして声を上げた。

「一条さんは」

その言葉に、奈緒の視線が軽部へと動いた。

軽部は、奈緒の視線を受け止めながら途切れた言葉を続ける。

「一条さんは、また、ボスを討伐してくれそうですか？」

「…………ボスを倒すと、そう言ってましたよ」

間を空けて、奈緒は言った。

その言葉に、軽部は安堵の表情を浮かべると大きく息を吐き出す。

その様子を見つめながら、奈緒は軽部に向けて言った。

「だから、私も一条に付いていきます」

その言葉がよほど予想外だったのだろう。

軽部はポカンと口を開くと、奈緒の顔をジッと見つめた。

「――七瀬さんも、ですか？」

「おかしいですか？」

「ああ、いえ。すみません、まさか、七瀬さんも行くとは思わなくて………。正直、一条さんとは私が一緒に行けばいいと思っていたものですから」

「軽部さんがここを動けば、誰がここに残った人達《ひとたち》を守るんですか。あなた達自衛隊がここに居るって聞いて、あなた達を頼ってここに逃げ込んで来た人も大勢いるんですよ？　……だから、ボスの討伐には私と一条、二人で行きます」

「いえ、しかし」

「大丈夫です。覚悟は出来てます」

軽部の言葉を遮り、奈緒は強い口調で言った。

その表情とその口調に、軽部も奈緒の覚悟を読み取ったのだろう。真剣な表情となると、奈緒の顔をじっと見つめた。

「私はもうすでに、この国――いえ国民のみなさまを守るために覚悟を決めています。それは、私だけでなく他の自衛官も同様です。しかし、七瀬さんは我々とは違う。一条さんのように、特別と思えるような力も持っていない。それなのに、どうして、一条さんと共に行くと言うのですか？」

その言葉に、奈緒は軽部から視線を外して夜空に浮かぶ月を見つめた。

「一条は、モンスターが出現したこの世界では確かに特別なのかもしれない。だけど、私にとっての一条は、冗談を言って笑い合える友人であり、後輩なんだ。アイツは特別なんかじゃない。私たちと同じですよ」

呟き、奈緒は軽部へと視線を向けた。

「アイツがやるって言うなら、私はアイツに付いていく。ただ、それだけです」

軽部は、奈緒の言葉を静かに聞いていた。

それから大きなため息を吐き出すと、手にしたタバコを地面に落として、足で火を踏み消す。

「七瀬さんの覚悟は、分かりました」

小さく、軽部は呟くように言った。

「正直、七瀬さんの言うように私たちがここを離れられないのも事実です。ですから……七瀬さん。一条さんのこと、どうぞよろしくお願いいたします」

「最初から、そのつもりですよ」

軽部の言葉に小さく笑ってその場を後にしようと奈緒が背を向けた、その時だ。

——ソイツは、闇夜の中から滲《にじ》み出《で》るようにして、ふらりと、奈緒たちの前へと現れた。

※

現在の世界反転率：3・01％

日付が変わり、画面の中の数値が進むのを見て明は安堵の息を吐き出した。

（良かった。まだ動けもしないうちにモンスターが強化される——なんて事態にはならずにすんだみたいだ）

明は手を払って画面を消した。宙を見つめると、小さく言葉を吐き出す。

「シナリオ」

軽やかな音が響く。今度は別の画面が明の前へと開かれた。

七瀬奈緒のシナリオ【あなたと共に】を進行中です。

画面を見つめて、明はゆっくりと息を吐き出した。

（なんで、俺に黄泉帰りなんて力が与えられたんだろうな）

意図的か、偶々《たまたま》か。

その真実を知る術は、今の明には存在していない。

だが、〝あなたと共に〟だなんて、あの時の奈緒の言葉を汲《く》み取《と》ったかのように表示されたその画面は、何かしらの意思が働いているのではないかと考えざるを得なかった。

（つっても、それが何か分からねぇんだよなぁ）

『第六感』スキルは沈黙している。

『魔力回路』が魔法陣である、というあの時のような直観はもう働いていない。

それはつまり、現状でいくら考えたところで意味がないということに他ならなかった。

（ひとまず今は、ボスを倒すことが優先だな）

シナリオにはクリア条件が設定されている。

『黄泉帰り』の説明に書かれていた特殊クエストが、シナリオのことを指している以上、そこに報酬が発生するのは間違いない。

それが何かを調べるためにも、まずはシナリオのクリアを優先するべきだ。
（大丈夫だ。今の俺は、大丈夫。もう、一人じゃない）
共に戦うと言ってくれた人がいる。
自分はもう、決して一人ではない。
今はもう二度と、あの孤独を味わうこともない。
（次の強化がいつ行われるのかが分からない。出来るだけ早く、ボスを倒そう）
明がそう結論を出して、眼前に浮かぶ画面を消したその時だった。
――チリン。

七瀬奈緒のシナリオ【あなたと共に】を進行中です。
七瀬奈緒の死亡を確認しました。

固有スキル：黄泉帰り　が発動します。

（…………え？）

出現した画面の意味を、明は理解出来なかった。

ただただ呆けるようにしてその画面を見つめていると、ふいに視界が回って、明はベッドに倒れ込んだ。

「な……に、が」

口にした言葉は最後まで続かず、明の意識は闇に溶けていく。

それはまるで、画面に表示されていた七瀬奈緒の死に引きずられているかのように。

呼吸と心臓は、唐突にその動きを止めて。

彼は、二十五度目となるその人生に幕を下ろした。

◆

「──……ぉぉぉおおおおおおおおおおおおッッ!!」

耳を聾《ろう》する男達の雄叫《おたけ》びと、鼻につく硝煙と血の臭いにひかれて、七瀬奈緒の意識は急速に覚醒した。

「──────ッ！」

まず、大きく息を飲んだ。

直前まで受けていた傷の痛みを思い出して、心臓が早鐘のように暴れ出した。

「いやぁぁあああああああああッ!!」

ついで、口にした悲鳴はもはや絶叫に近い叫びだ。

息を吸い込むことも、吐き出すことも満足にできない。

空気を求めるように喉が広がり、けれどすぐに見えない何かに恐怖するように慌てて首筋を隠して、奈緒は、必死に喉元を両手で押さえつける。

「……あ、れ?　……いきてる?」

そうして、ようやく。

彼女は、手を伸ばした喉元に傷も血もないことを確認すると、冷静さを取り戻した。

「私、死んだはずじゃ」

呆然《ぼうぜん》と呟いた言葉は、再び響いた雄叫びによって掻《か》き消《け》された。

「っ!?」

はっと視線を持ち上げて、動きを止める。

そこは、病院の正面玄関にほど近い駐車場だった。

そこに戦場が広がっていた。

記憶にもまだ新しい見覚えのある光景だ。間違いなく、これは明が目覚める直前におきていた、モンスターの襲撃を受けた瞬間だ。

雄叫びをあげて突撃していく自衛官も、地面に倒れ伏した仲間も。

耳に届く絶叫と悲鳴も、鼻につく血と硝煙の臭いも、理不尽な死と、生きるため必死に戦う人々も。

すべて、すべて、すべて、すべて！

……全てが、寸分の狂いもなく何もかも同じ。

病院を襲ったモンスターだって記憶の中と相違ない。キラービーと呼ばれる、蜂型のモンスターだ。

（過去に、戻ってる？）

まさかこれが、シナリオとやらの影響だろうか。

（そうだ。きっとそうだ！　一条はあの時、私にも『黄泉帰り』の力が与えられたようなことを言っていたし）

だとすれば、これから辿《たど》る運命は前回と同じ？

「ッ」

小さく息を飲んで、奈緒は死の直前に受けた傷を撫《な》でるように喉を摩《さす》る。あの痛みが、あの恐怖が、心に刻み込まれたあの苦しみが、奈緒の心をじわりと蝕《むしば》んで全身の皮膚を粟立《あわだ》たせる。

「どうしよう」

どうすればいい？

このままだと殺される。夜になればあのモンスターがやって来る！

そうなればまたあの苦しみを、痛みを！　もう一度味わうことになる!!

――そんなことを、奈緒が考えた時だった。

「が、ぁ」

声が聞こえた。

目の前で、キラービーの毒針に貫かれた自衛官が地面に倒れたのだ。

「ぐ、ぁ……っ」

声なき声を出しながら、地面に倒れた自衛官が助けを求めるように奈緒へと手を伸ばす。

ごぼごぼと、口から吐き出す血の塊が地面を赤く濡《ぬ》らしていく。

それは、モンスターに襲われ自らの命が尽きようとしていた、あの死に際で見た光景とまるで同じで。

地面に広がる真っ赤な紅《あか》が、奈緒の脳裏にべったりとこびりついた痛みと苦しみを嫌でも思い出させた。

「――――ッ！」

大きく息を飲んで、その場から後ずさる。

「いやだ」

死が色濃く漂うその場から逃げるように、奈緒は踵《きびす》を返す。

「嫌だ！」

何も考えることが出来なかった。

今はとにかく、この場から離れたかった。

「ッ、そうだ！　この時間ならもう、アイツが起きてるはず！」

叫ぶように言って、奈緒は駆け出す。

今はただ、一秒でも早く彼と話をするために。

もう二度と、殺されることがないように。

奈緒は、自分の知りうるかぎりでもっとも信頼できる男の元へと、一目散に駆け出した。

※

二十六度目。

一条明が目を覚ますと、そこには見慣れた白い天井が広がっていた。

「――――え？」

いったい、何が起きたというのか。

耳に届く、聞き慣れたモニターの音。架台にぶら下がる点滴のバッグと、自らの腕に伸びる点滴の管。口元を覆われた違和感に手を伸ばすと、酸素マスクがそこにはあった。

扉の外から聞こえてくる喧噪《けんそう》は、誰かがモンスターによって負傷したというものだ。

つい先ほどまで暗闇に覆われていたはずの小さな部屋には、温かな太陽の光が差し込み、室内を明るく照らしている。

ほんの少しだけ開けられた窓から吹き込む風が、中途半端に開かれた薄桃色のカーテンをパタパタと揺らしていた。

「は？」

どれも見覚えのあるものばかり。

その光景に明はしばしの間茫然《ぼうぜん》とすると、ハッと、意識が途切れる寸前で目にしたあの画面を思い出した。

（ッ、そうだ！　奈緒さんが死んだ、とかそんな画面が出てきて、それで……）

次いで表示されたあの画面。

（『黄泉帰り』が、発動した）

大きく、明の心臓が跳ね動いた。

急速に視界が狭まる中で、明は、『黄泉帰り』によって過去に戻ってきたのだということを自覚する。

「なん、で？」

呆然と呟き、明は口元の酸素マスクを引き剝がした。

「だったらなんで、ここなんだよ」

胸に付いたモニターのコードも、腕に繫《つな》がる点滴の管も、すべてを引き剝がしながら明はその場から起き上がろうと藻掻《もが》く。

けれど、満身創痍《そうい》の身体がそれを許さない。

藻掻いた明は、そのままベッドに沈み込むと、怒りや戸惑いを含んだ声を張り上げる。

「『黄泉帰り』で戻る場所は、あそこじゃなかったのかよ！　死ねば、あの夜に戻るんじゃなかったのか!?」

すべての始まりであるあの夜。

これまで、何度も死んで生き返ってきたが、すべてはあの瞬間に戻っていた。

それが、今回は違う。

今、黄泉帰ったこの瞬間は、ミノタウロスを討伐し気を失って再び目覚めた、あの時だ!!

「――――まさか」

考えないようにしていた。

心のどこかでは、可能性としてはあり得るだろうとは思っていた。

むしろ、タイミングとしては何もおかしくはないのだ。

「『黄泉帰り』のスタート地点が変更されている……？」

ゲームで遊ぶ時に、ボスモンスターを倒せば自動でセーブされるように。

一条明という人間が、ボスモンスターを倒したことが新たな回帰地点を作るきっかけなのだとすれば、このタイミングでの回帰地点の変更は至極当然であるかのように思えた。

（くそっ！　だとしたら……最悪だ）

あの夜に戻ることのメリットは、全てがやり直せるという点にあった。

モンスターも現れていない。まだ誰も死んでいない。行動一つですべての結果を変えることが出来るすべての始まりでもあるあの夜だからこそ、死んで戻る唯一のメリットだと考えていた。

だが、このリスタートは違う。

身体は満身創痍で動かない。目覚める前に死んだ者はすでに故人として扱われているし、世界反転率のパーセンテージだってすでに1%を超えている。

すでに『自動再生』を取得しているからか、前回の目覚めよりも幾分か身体は楽だが、それでも、全快とは程遠い状態だ。あの夜とは違って、目覚めた時点ですでに無茶が出来ない身体となっているのだ。

(なんで、この場所が次のリスタート地点なんだよ)

仮に、ボスを倒したことが今回のリスタート地点の変更となった原因だとして。

あれから、二日が経過したこの時点にリスタート地点が変更されている理由が分からない。ボスの討伐でリスタート地点が変更されるのならば、少なくとも初日のどこかがリスタート地点になっていてもおかしくはないはずだ。

(マズい……。本当にマズい)

自分の意図しない回帰地点の変更が、今後のループに影響していくことは確実だ。

これから先、どんな不都合が生じたとしても変更されたスタート地点次第ではそれを避ける術が無くなってしまう。

〝詰みセーブ〟という言葉が、否《いや》が応《おう》でも脳裏にちらつく。

これがゲームなら、最初からやり直すことだって可能だ。

けれど、これはゲームじゃない。

ゲームであればデータリセットで解決するその手段も、この現実には適応されない！

明は頭を抱えて唸り声をあげると、重たいため息を吐き出した。

（…………大丈夫。まだ平気だ。まだ詰んじゃいない。多少スタートが不利になったけど、まだやり方次第でどうにか出来る）

自分に言い聞かせるように心でそう呟くと、冷静になるため深呼吸を繰り返す。

（…………黄泉帰りのリスタート地点が、変更されたことは分かった）

心で呟き、現状の整理を始める。

（これから先、ボスを倒すタイミングを考えなきゃいけないのも分かった。注意しなくちゃいけないのは、これがまだ、ボスを倒すことが『黄泉帰り』の回帰地点の条件だと確定してないことだ。目覚めたタイミング的にも、シナリオが関係している可能性もある）

どちらが影響しているのか分からない以上、慎重にならざるをえない。

トライ&エラーを繰り返すことはゲーム攻略の基本ではあるが、誤った選択をした後に、自分の意思以外で勝手にセーブされるのはたまったものじゃない。

それこそ、本当に〝詰み〟の状況となってしまう可能性がある。

（ひとまず、ここが俺の次のリスタート地点だとして……。あとは、『黄泉帰り』がいきなり発動した原因だけど）

その原因に、明は薄々感づいていた。

シナリオ【あなたと共に】を開始した際に、目の前に現れたあの画面。

その中に書かれていた、『これより、七瀬奈緒にはあなたの〝黄泉帰り〟の力が適応されます』

という、まるで注意を促していたかのようなあの文言だ。

（今回の『黄泉帰り』に奈緒さんの死が関わっているのは間違いない。今の奈緒さんには俺と同じ『黄泉帰り』の力が与えられている。だから、奈緒さんが死んだことでも『黄泉帰り』が発動した）

まとめると、シナリオを受けたことで『黄泉帰り』の発動条件が明ただ一人の死亡から、明と奈緒、二人のうちどちらかの死亡によって『黄泉帰り』が発動する状況になったということだろう。

（死なば諸共《もろとも》、なんて言葉があるが……今の状況はまさにその通りだな。綺麗《きれい》な言い方をすれば一《いち》蓮托生《れんたくしょう》とか、運命共同体なんて言えるだろうけど、これは）

早い話が、道連れだ。

どちらか一人が死ぬことでも発動する、性質《たち》の悪いタイムループが完成してしまった。

（だから、シナリオを受けるかどうか、選択することが出来ていたのか）

強制的に巻き込まれたタイムループの中で、初めて与えられた選択肢。

その意味に、明は大きなため息を吐き出した。

（そして、その問題のシナリオは）

ちらりと、明はその画面へと目を向けた。

七瀬奈緒のシナリオ【あなたと共に】を進行中です。


（モンスター相手に発生しているクエストとは違って、死に戻った先でも引き継がれている、と）

眼前に出現していた画面に目を向けて、明は息を吐き出す。

（一度引き受けた以上、シナリオをクリアするまではこの状態ってことか）

宙に浮かぶ画面を手で払い消した。

（こうなった以上、仕方ないな。まずは奈緒さんと、この情報を共有しないと）

そう考えて、明が小さくため息を吐き出したその時だった。

扉の外で、廊下を走る足音が響いた。

かと思えば、その足音の主は、真っ直《ます》ぐに明の部屋の前へとやってきて、その勢いのままに扉を大きく開け放つ。

「一条!!」

声を上げて、部屋の中に飛び込んできたのは七瀬奈緒だった。

よほど急いできたのだろう。髪を振り乱し、額に汗を浮かべた彼女は真っ直ぐに明の元へと駆け寄ると、縋《すが》りつくようにその肩を摑《つか》み、声を上げる。

「どうしよう。どうしようッ‼　このままだと、本当に、また私は殺される！　どうすればいい⁉　これから私はどうしたらいいんだ⁉」

いまだに『黄泉帰り』の混乱から抜け出していないのだろう。

奈緒は慌てた様子で叫ぶと、死の間際の恐怖を思い出したのか、唇を噛みしめて細かく肩を震わせた。

明は、部屋に飛び込んできた奈緒の様子に驚き、やがてゆっくりと息を吐き出す。

（そういえば俺が初めて『黄泉帰り』を経験した時も、こんな感じだったっけ）

奈緒の混乱も無理もないことだ。

今ではもうすっかりとこの目覚めに慣れて、目を覚ませばすぐに気持ちを切り替えることが出来ているが、自分だって最初の『黄泉帰り』では今の奈緒のようにパニックになっていた。

特に、目覚めの直後は直前に経験した恐怖や苦痛が濃く残る。

記憶は途切れず繋がっているし、ただただ場面と身体が切り替わったかのようなあまりにも独特なこの感覚は、一度でも経験しないと分からない。

いくら事前に『黄泉帰り』のことを説明し頭で分かっていたとしても、目覚めの直後から冷静に理性を保ち続けるのは無理だろう。

明は彼女を安心させるように、小さく笑うと華奢《きゃしゃ》な肩にその手を置いた。

静かに、ゆっくりと。取り乱す彼女を落ち着かせるように、明は意識して口を開く。

「大丈夫。大丈夫です。まずは落ち着いてください。落ち着いてからでいいので、その時のことを、俺に教えてくれますか？」

その言葉が無事、彼女に届いたようだ。

明の言葉に、不安で揺れる奈緒の瞳が見開かれ、止まった。

恐怖で硬くなっていた身体の緊張がほぐれて、ようやく彼女の瞳に安堵が浮かぶ。

そして、小さく。彼女は首を縦に振った。

◇

時間を掛けて落ち着きを取り戻した奈緒は、ぽつぽつと言葉を漏らし始めた。

「反転率が3％を超えた時のことだ。私は、どうも落ち着かなくて、外に出てタバコを吸っていた。そこに、軽部さんが来たんだ。私たちは取り留めのない話をして、別れようとした。……そんなときに、アイツがやって来た」

「あいつ？」

「ブラックウルフだよ」

なるほど、と明は息を吐く。

奈緒が襲われたというそのモンスターは、頭の先から尾の先まで、すべてが黒い体毛で覆われた狼《おおかみ》型のモンスターだ。この街の中だけで言えばミノタウロスに次ぐ強さを誇るモンスターでもある。反転率1%未満《未強化状態》でも、『身体強化』をレベル2にしなければ相手をすることも出来なかったモンスターなだけに、不意をつかれた今の奈緒が敵《かな》う相手ではないことは、話を聞いていてすぐに分かった。

「一瞬だった。本当に、一瞬の出来事だったんだ！　何も出来なかった……。逃げることも、声を出すことも私は出来ずに――ッ」

　その時のことを思い出したのだろう。奈緒は傷のない白い喉元を手で押さえた。

「たまたま、私たちの傍に居たんだろうな。もしかしたらどこかに隠れて、私たちの様子を見ていたのかもしれない。暗闇の中から近づいてくるソイツらに、私たちは襲われる直前まで気が付かなかったんだ」

　まるで、そこにはまだ目に見えない傷が残されているかのように。

　奈緒は首筋を撫でながらゆっくりと息を吐き出すと、言葉を区切る。

「痛みと苦しみの中、あっという間に気が遠くなって。目が覚めると、見覚えのある光景が目の前に広がっていた。……過去に戻ってきたってことは、すぐに分かったよ。いや、〝分からされた〟とでも言うべきかな。一度は死んだはずの人が、私の目の前にいたんだから」

　少しだけ間を空けて紡がれた言葉は、小さく震えていた。

　明は奈緒の顔を見つめる。

「死んだ人？　奈緒さんの目覚めた場所はどこだったんですか？」

「……戦場だよ。ついさっきまで、キラービーの群れがこの病院を襲ってたんだ。そこが、私の『黄泉帰り』地点だった」

「なるほど」

頷き、ため息を吐く。

『黄泉帰り』はレベルやステータスだけでなく、死ぬ直前までの記憶、痛覚、感情、その全てを引き継ぐ。

モンスターに殺され、目覚める場所がモンスターとの戦いの最中ともなれば、奈緒の混乱はよほどのものだろう。

少なくとも、一応は安全な場所であった会社で目覚めた自分の比ではない。

「奈緒さんの状況は理解しました。ブラックウルフに出会ってしまったなら、仕方ないですよ。見つかる前に隠れる、逃げる、などのことは出来ますが、見つかってしまっては逃げることも難しい。この失敗を、次に活《い》かしましょう」

「仕方ないって！　そんな簡単に……ッ！」

声をあげて、奈緒はハッと唇を噛んだ。

目の前の男が、これまでどれだけの死を経験してきたのかを思い出したからだ。

「……すまん。自分でもここまで取り乱すなんて思わなかったんだ。お前の言った通りだった。『黄泉帰り』は……辛《つら》いな。私が想像していた以上だった」

呟くように奈緒は言った。

明はそんな奈緒に向けて首を一つ横に振ると、ゆっくりと言葉を口にする。

「俺だって最初はそうでした。奈緒さんだけじゃないですよ。誰だって死ぬのは怖い。あの痛みと苦しみを、一度でも経験すれば尚更《なおさら》です」

「今のお前もそうなのか？」

「そりゃあ、もちろん。多少慣れたとはいえ、痛いのも苦しいのも嫌ですから。ドMってわけでもないですし」

「そう、か」

おどけて言う明の言葉に、奈緒は小さく笑った。

余裕が出来たことで、思考が回り始めたようだ。彼女はふと気が付いたように言葉を続けた。

「そう言えば、今回の『黄泉帰り』場所はどうしてここなんだ？　確か、前に聞いていた話だと『黄泉帰り』する場所は決まってモンスターが出現し始めたあの時だったはずだろ？」

「ええ。そのはず、だったんですけどね。どうやらそれも、俺がミノタウロスを倒したことで事情が変わったのかもしれません」

「どういうことだ？」

「ボスモンスター、ミノタウロスを倒したことでセーブ地点が変更されたんですよ。これは例え話ですけど、最近のＲＰＧじゃあボスモンスターを倒したタイミングとかで勝手にオートセーブが入るでしょ？　それと同じかもしれないってことです」

「なるほど」

納得するように奈緒は頷いた。

「それと、奈緒さんが死んだことで黄泉帰りが発動した点についてですが。ループ前に開始されたシナリオのことを覚えていますか？」

「クリアするにはボスモンスターを倒せとか、そんなやつだよな？　シナリオ中は一条と一緒に死に戻れるっていう」

「そうです。そのシナリオによって奈緒さんも死ねば『黄泉帰り』が発動するようになったみたいです。早い話が、シナリオを終えるまで俺たち二人のどちらかが死ねば強制ループに入るって状態ですね」

「……みたいだな。身をもって体験したから、それは分かるよ」

言って、奈緒は重たいため息を吐き出した。

「お前の手助けになれば、と思ってそのシナリオとやらを受けて貰《もら》ったのに……。結果的にお前の足を引っ張ることになってしまった」

苦い後悔を滲《にじ》ませるように、彼女の薄い唇が噛みしめられた。

明は「まさか」と言って、即座に彼女の言葉を否定する。

「奈緒さんのせいじゃないですよ。シナリオを開始するのかどうかは、俺に選択権があったんだ。だから、奈緒さんは何も悪くない」

「ありがとう。気を遣わせて悪いな」

奈緒は笑った。そして小さく「よし」と呟き、気合を入れるように自分の両頬を叩《たた》くと表情を改める。

自分の責任を感じながらも後悔ばかりしていられないと、無理やりに気分を切り替えたような、そんな顔だった。

明は、そんな奈緒の様子を心配そうに見つめながらも、これからのことを伝える。

「俺たちのどちらかが死ねば、ループすることになったのは間違いないです。と、なれば出来るだけ二人一緒に行動するのがベターではありますが……。四六時中、一緒に行動するのも限界があるので、奈緒さんがある程度の自衛が出来るようにまずはレベリングが必要ですね。俺が動けるようになったら、すぐに始めましょうか」

「分かった。それまでは自由でいいのか？」

「そう、ですね。大丈夫だと思います。前世では、夜中に黄泉帰りをするまで、モンスター絡みの大きな騒ぎも無かったですし」

明は、考えを纏《まと》めるように、視線を彷徨《さまよ》わせながら言った。

「ただ、夕方になれば軽部さんがここに来るはずなので、その時にはこの部屋に居てほしいです。出来れば、覚えてる限り前回と同じように動いて下さい。俺の経験上、前回とは違う行動を起こすと、その後の状況に何かしら変化が起きます。もしかすれば、軽部さんが俺に会いに来た時に、この部屋に奈緒さんが居ないことで、奈緒さんを探しに出かけるかもしれない。そうすれば、潜んでいたブラックウルフの位置が変わるかもしれませんし、そもそも潜むことすらなく、この病院を襲ってくるかもしれない。……俺が動ければ積極的に試していくのもありですが、この有様《ありさま》ですからね。動けるようになるまでは、前回と同じ行動を繰り返しましょう」

明の言葉に、奈緒は真剣な表情で口を開いた。

「それじゃあ、夕方になるまで、私はこの部屋で過ごすよ」

「お願いします。まずは、無事、明日を迎えることを目標にしましょうか」

その言葉に、奈緒は深く頷きを返したのだった。

◇

一度経験した軽部の訪室《イベント》をこなして――どうやら、キラービーとの戦いで思ったよりも被害が出たらしい。前回見た表情よりも疲れが滲んでいた。それを、奈緒は戦場から逃げ出した自分のせいだと責任を感じていた――じっと『自動再生』による治癒に身体を任せていると、何事もなく日付が変わった。

途中、奈緒は明に断って部屋を後にした。

理由を尋ねると、自衛隊や生き残った人々に、今夜は誰も外に出ないよう伝えておこうと思ったようだ。

出来るだけ前回の状況から変えたくないと明は思ったのだが、奈緒は、目覚めてすぐに戦場から逃げ出したことに負い目を感じているらしい。「これから起きることを知っているのに、もう見過ごせない」と懇願されて、それぐらいならと明は許可した。

それが功を奏したのか、周囲に潜んでいるブラックウルフによる被害もなく静かに夜が過ぎていった。

（……うん。これだけ調子が戻れば、もう十分だな）

明は、ベッドから立ち上がり軽く身体を動かす。

『自動再生』を前回で獲得し、今回は目覚めの時からそのスキルが機能していたからだろう。前回よりも早く治癒された身体は――とは言っても、スキルを取得するまでの数時間分の差でしかないのだが――午前三時にもなれば何とか無事に動かせる程度にはなっていた。

軽く身体のストレッチをして具合を確かめてみるが、ミノタウロス戦のような激しい戦闘でなければまず問題はなさそうだ。

「大丈夫か？」

奈緒が心配そうな声を出した。

「多少、痛みはありますが問題はないです。というよりも、これぐらいの痛みは慣れました」

これまで幾度となく繰り返した生き死ににによって、明の痛みに対する閾値《しきいち》は『黄泉帰り』を取得する前よりも上がっている。

いまだに癒《いや》されていない骨や筋肉が悲鳴を上げているような気もしたが、明はその悲鳴を無視することにした。

「時間が惜しいので、さっそく始めましょうか。まずは奈緒さんのレベリングですね。いろいろと考えたんですが、まず奈緒さんが相手にするのはカニバルプラントが良いと思います。アイツは、攻撃範囲内に獲物が入り込まなければ攻撃出来ないし、奈緒さんが取得した『初級魔法』を使って、一方的に攻撃を加えてやりましょう」

「カニバルプラント？　……ああ、自衛隊の人達が言っていた、人食いウツボカズラか。戦ったことが無いけど、私に出来るかな」

不安そうにする奈緒に、明はしかと頷きを返す。

「大丈夫です。俺も、これまで何度も戦ってきた相手ですが、アイツらは動くことが出来ませんから。近距離ならともかく、遠距離でなら一方的に倒すことが出来ますよ」

明の言葉に奈緒も納得したようだ。それなら、と気合を入れるようにして奈緒が小さく拳を握り締めた。

「俺は特に持ち運ぶものも何もないですが、奈緒さんはすぐに行けますか？」

この世界にモンスターが現れた最初の頃は、物資の調達を行ってからレベリングに励むことが多かったが、幾度も死に戻るうちにそれすらも煩わしくなり、どうせ死ぬのならばとその身一つでレベリングに励んできた。

今回の人生で全てが終わる、なんて楽観視もしていない。

加えて、今のステータスならば包丁や鉄パイプなどといった武器を振るうよりも、蹴りや拳で殴りつけたほうがダメージは与えられる。

さしたる準備をする様子も見せず声を掛けてきた明に向けて、奈緒は少しだけ考える素振りを見せると口を開いた。

「初級魔法を使うなら、必要なものがあるんだ。院内で持ち歩くわけにもいかないし、いつも戦闘が終わったら預けているんだけど……。取ってきてもいいか?」

「分かりました」

「ありがとう。すぐに戻る」

言って、奈緒は急ぎ足で部屋を後にした。

一人になった明は、待っている間にどうしようかと思考を巡らせて、ふと思い出す。

「そう言えば、俺の魔力って回復したのかな」

前回取得していたスキルは『自動再生』だけではない。消費した魔力を回復させるスキルも同時に取得していたのだ。

明は、自らのステータス画面を呼び出すと魔力の数値を見つめた。

(……まだ回復してないか。今でだいたい、目覚めて『魔力回復』スキルを取得してから十七時間。結構時間が掛かってるけど『自動再生』とは違って、こっちはまだなのか?)

『自動再生』による治癒に時間が掛かっているのは、損傷の具合のせいだろうと予想が付く。が、『魔力回復』の効果が出るのにやたらと時間が掛かっているのは、やはりスキルレベルが低いからだろうか。

(十時になったら、ちょうど今回の『黄泉帰り』から二十四時間経《た》ったことになるし、もう一度確認してみるか)

明はステータス画面を手で振り消すと、筋肉の強張《こわば》りを解《ほぐ》すように大きく伸びをした。

「さて、と」

呟き、これからのことを考える。

まずは奈緒のレベリングをすることが最優先だが、それと並行して自分自身のレベルも上げなければならない。

いつまでも奈緒を『黄泉帰り』に付き合わせるわけにはいかないのもそうだが、世界反転率を低下させるためにも、なるべく早くボスを倒す必要がある。

（つっても、ミノタウロス以外に倒せそうなボスなんて、周りに居たか？）

あの繰り返しの中で、この街から地続きとなった町や市にはすべて足を運んでいる。

そしてそのたびに、その街を支配するモンスターに幾度となく殺されてきた。

だからこそ分かる。ミノタウロスよりも楽に勝てるボスなんて、この街の周囲には存在していない。

（なによりも、今がモンスターが強化された後っていうのが一番厄介なんだよなぁ）

繰り返しの中で確認したモンスターは、全て未強化の状態だ。強化された今となっては、あの繰り返しの中で確認をしたステータスも全てが役に立たないものとなっていることだろう。

（そのあたりのことも、奈緒さんと一度相談するか）

そう思って、明は息を吐き出した。

――――その時だ。

「モンスターだッ！　モンスターが入り込んでいるぞ‼」

扉の外から病棟中に広がる叫び声が聞こえた。

「ッ！」

息を飲んで、明はすぐに扉を開け放ち部屋の外へと飛び出した。

（どこだッ⁉）

視線を向けて、モンスターの姿を探す。

しかし、病棟の廊下にはモンスターの姿が見当たらない。神経を尖《とが》らせて耳を澄ますが、戦闘音すらも聞こえない。

どうやら、声の主はこの階層に残る人達に向けて注意と応援を頼みに来ただけらしい。

それを察した明は、すぐさまリノリウムの床を蹴って走り始めた。

廊下にならぶ病室から不安そうに顔を出す人々の前を突っ切り、階下へと続く階段を見つけて、飛び込む。

「ふっ」

と息を吐いて、明は跳んだ。

踊り場に着地すると、すぐにまた次の踊り場へ跳躍する。

そうして、半ば落ちるようにして階下へと駆け降りると、先ほどの叫びをあげたのであろう男性にすぐ追いついた。

「モンスターはどこだ！」

隣に並びながら、明は問いかけた。

男性は、跳んで降りてくる明に驚愕《きょうがく》の表情を浮かべていたが、すぐに気を取り直すと声を張り上げた。

「正面玄関の、エントランスロビーだ！　今は自衛隊の人達が相手をしているけど、数が多い！　いつの間にか、ブラックウルフに囲まれてたんだ‼　アイツら、出入口のガラス扉とバリケードを破って、中に入ってきやがった‼」

その言葉に、明はすぐに合点《がてん》がいった。

（……なるほど。奈緒さんを殺したブラックウルフは、ここを襲う準備をしていたのか）

前回奈緒はたまたま殺されたかのように思えたが、実はそうではなかったらしい。

（マズいな。自衛隊の人達がどのぐらいのレベルなのか知らないけど、そう簡単に敵う相手じゃないぞ）

明は険しい顔になると、すぐにその男へと返事をする。

「わかった。ありがとう、すぐに向かうよ」

呟き、明はまた階段を蹴って跳んだ。

一階に辿《たど》り着《つ》くと、すかさず正面玄関の場所を確認するため周囲を見渡した。

過去に一度、モンスターがここまで入り込んだのだろうか。人の血液にしてはやけにどす黒い、まるでヘドロのような血の痕が壁や床にはいくつも残されていた。

（くっそ、正面玄関ってどこだ⁉）

心で呟き、明はあたりをつけて走り出した。

すぐに天井からぶら下がる案内板が見えた。矢印が記されたその看板を見て、走り出した方向が間違っていなかったことを明は確信する。

そうして、案内板を頼りに廊下を駆け抜けていると、ふいに視界が開けてエントランスロビーが視界に広がった。

（いた！）

おそらく、最終防衛ラインのつもりなのだろう。

院内にある物を集めるだけ集めて作られたかのような、バリケードの向こう側。広さのあるそのロビーでは、激しい戦闘が行われていた。

事前に聞いていた情報の通り、病院を襲ってきていたのはブラックウルフだった。

数はざっと見渡した限りでも二十は超える。

対して、こちらの戦力は十名ほどの自衛官と、騒ぎを聞いて駆け付けた六名の一般人だ。

敵味方入り乱れるような乱戦となったその現場では、怒号と絶叫が響き渡り、ブラックウルフの低い唸り声が明のいるその場所にまで聞こえていた。

その中で、明は銃剣を手に大立ち回りをする一人の男を見つける。

――軽部だ。

軽部は銃剣を構えると地面を蹴り、一気に前へと飛び出した。

そんな軽部に向けて、ブラックウルフは迎撃するようにその爪を振りかざす。

だが、軽部はそれを手に持った銃剣で反射的にいなすと、すかさずブラックウルフの頭部へと膝蹴りを与えた。

「ガァウッ」

ブラックウルフの身体がぐらりと揺れる。

しかし、それだけではブラックウルフは倒れない。

それを軽部も分かっているのか、すぐに体勢を整えると追撃を加えようと銃剣を振りかざした。

別のブラックウルフが、軽部へと狙いを定めたのはその時だ。

その黒い狼は、涎《よだれ》を垂らしながら軽部の背中へと狙いを定めると、獰猛《どうもう》なその牙を突き立てるようにして顎を開いた。

「ッ!!」

反射的に、明の身体は動いていた。

リノリウムの床を蹴って、十メートルはあろうかというその距離を一気に詰める。

最終防衛ラインであるバリケードも一気に飛び越えると、軽部へと牙を突き刺そうとしたブラックウルフに向けて、組み合わせた両手を頭上から全力で振り下ろした。

――ゴッ!

硬い頭蓋を砕く感触と、その中身を潰したという確かな感覚。

地面に叩きつけられたブラックウルフは、ひしゃげた頭からどす黒い血とその中身を溢《こぼ》し、ビクビクと痙攣《けいれん》する。

それを見た明はトドメとばかりに蹴りを入れて、また別の近くにいたブラックウルフへ飛び掛かる。

　そうして、手の届く範囲のブラックウルフを全て片付けていると、ようやく口を開く余裕が出来たのか、息を切らしながら軽部が言った。

「一条、さん！　助かりました‼　しかし、もう動いても平気なんですか⁉」

「大丈夫です！　それよりも、早く後ろに下がってください。こいつらは、軽部さん達が敵う相手じゃない！」

「しかし‼」

「早くッ‼」

　軽部は、鬼気迫る表情で叫ぶ明と周囲を素早く見比べた。

　迷いは短い。すぐに、自分たちが足手まといになると察したのだろう。

「ッ、すみません……！　全員、すぐに離脱‼　隙を見て後ろに下がるんだ‼」

　悔しさでその唇を噛みしめながらも、的確に状況を把握した軽部は部下と周囲で戦う人々へと向けて撤退の号令を張り上げた。

「グルル……ガァッ‼」

　しかし、そんな軽部たちを逃がすまいとブラックウルフ達が唸りを上げて飛び掛かる。

　が、それを阻むように横から飛び出した明が蹴りつけた。

「ギャインッ」

　悲鳴を上げて周囲の仲間を巻き込み吹き飛ばされるブラックウルフに、明は挑発するように不敵な笑みを浮かべて、腰を落とす。

「テメェらの相手は俺だよ。全員でかかってこい」

以前取得したブロンズトロフィー『狼狩り』と『狩人《かりゅうど》』の影響だろう。

狼種族からの敵対心と、獣系モンスターからの敵対心を上昇させるその効果によって、声をあげた明へとブラックウルフ達の殺意が一斉に向けられた。

「ふぅー……」

無数に向けられる殺意を受けて、明は長く息を吐き出し、止める。

静かに、彼は狙いを定める。

「フッ！」

そして、両足に溜めた力を爆発させるように、一気に前へと駆け出した。

狙いは一番手前。群れの中でもひと際身体の小さい、まだ若そうな狼だ。

「お、らァ!!」

ステップを踏むように腰を捻《ひね》り、ローキックを繰り出す。

すかさずブラックウルフが避けようと身体を動かすが、風を切り迫る蹴りの方が圧倒的に速い。

「ガァ……ッ!?」

明の脚がブラックウルフの身体を綺麗に捉え、骨を砕く音を周囲に響かせた。

吹き飛ばされたブラックウルフは、地面を跳ねながら転がると二度と動かなくなる。

（次ッ！）

素早く視線を動かし、明はまた手近なブラックウルフへと飛び掛かった。

殴り、蹴り、摑んで振り回す。

なるべく派手に。なるべく注意を引くように声をあげて。

その場に集まったブラックウルフの殺意がすべて自分に向くよう動き回りながら、周囲のブラックウルフを次々と屍《しかばね》へと変えていく。

そんな時だった。

――チリン。

条件を満たしました。
シルバートロフィー：狼殺し　を獲得しました。
シルバートロフィー：狼殺し　を獲得したことで、以下の特典が与えられます。
・狼種族からの敵対心＋40
・狼種族へのダメージボーナス＋7％

突然、軽やかな音を響かせてその画面が出現した。

(っ!? 敵対心+40!? 上がりすぎだろ!! 『狼狩り』と『狩人』を合わせたら、今のトロフィーでこいつらの敵対心が合計で90も上昇するじゃねぇか!!)

『狼殺し』というトロフィーを獲得した影響だろう。

ブラックウルフたちは、より一層その敵意を剝《む》き出《だ》しにすると、瞬く間に明の周りを取り囲み始めた。

「くっ!」

瞬間、明の全身が一気に粟立つ。胸の内側に意味もなく広がる嫌な予感に両目を見開いた。

「ッ!!」

反射的に、明は握り締めた拳を振るった。

身に迫る牙を避けて、振るわれる爪を躱《かわ》し、反撃として蹴りや拳を叩《たた》き込《こ》む。

ステータス上では有利だ。一対一ならまず負けない。

(けど! ここまで一斉に襲われればそれもキツイ!)

『狼殺し』取得のタイミングが悪かった。

ダメージボーナスがさらに入るのは嬉《うれ》しいが、これだけ敵対心が上がればその余裕も無くなる。

(くそッ、しょうがねぇ)

襲い来る全ての攻撃を捌《さば》き切ることが出来ず、『疾走』を使おうと心に決めたその時だ。

戦場に響くその言葉と共に、明の目の前にいたブラックウルフへと光の矢が突き刺さった。

「『衝撃矢《ショックアロー》』！」

――バァンッ！

と、矢は衝撃へと瞬時に変わり、ブラックウルフの身体を揺らした。

衝撃を受けたブラックウルフの動きが止まる。周囲のブラックウルフ達の意識が、一瞬、明から外れる。

「ッ」

彼らのその様子に、反射的に明は動き出していた。

短くステップを踏んで、腰を捻る。

振り上げた右足に遠心力を乗せて、その一撃の威力を上げる。

「ォらァ！」

叫び、振り抜かれたのは全力の右回し蹴りだ。

蹴られたブラックウルフは周囲の仲間を巻き込みながら吹き飛び、ブラックウルフたちの包囲網に一瞬の穴が出来た。

「チャンスッ!!」

声をあげて、転がり出るようにして崩れた包囲網の穴から明は飛び出した。

すかさず距離をとって、体勢を整える。

そして無事に抜け出したことに安堵の息を吐き出すと、自らの窮地を救ってくれた人物の方へと目を向けた。

「奈緒さんッ！」

全速力で駆け付けたのだろう。

そこには、肩で息を切らした奈緒が戦場を睨《にら》み付《つ》けていた。

どこから手に入れてきたのか彼女の手には拳銃が握られている。

彼女は、その拳銃の銃口を鋭い視線とともにブラックウルフ達へと突き付けたまま、声を張り上げた。

「一条ッ、平気か⁉」

「ええ、助かりました‼　それよりも、その銃はッ⁉」

「『初級魔法』を放つ方向を決めるのに、道具があった方がいいって言っただろ‼　私の場合、コレなんだよ‼」

叫び、奈緒はまた狙いを定めるようにブラックウルフへとその銃口を向けると、再びその言葉を発した。

「『衝撃矢《ショックアロー》』！」

瞬間、銃口に小さな光が集まり、飛び出した。

飛び出した光球は光の矢へとその姿を変えて、明が蹴り飛ばしたブラックウルフへと突き刺さる。

「『衝撃矢《ショックアロー》』‼」

奈緒は続けざまに魔法を発動させる。

次々と銃口から飛び出す光の矢は、休む間も与えることなくブラックウルフへと襲い掛かった。

矢の衝撃でブラックウルフは幾度も身体をふらつかせて、やがて魔法の衝撃がその耐久を破ったのか、皮膚を裂き、骨を砕くと、周囲にどす黒い血を飛ばした。

「グルルゥウウウウウウッッ!!」

続けざまに襲うダメージに、ブラックウルフの標的が明から奈緒に変わった。

血を溢しながらもゆらりと動き出し、真っ直ぐにその瞳が奈緒へと向けられる。

(マズいッ!)

その様子に、明が足を踏み出そうとしたその時だった。

奈緒が、最後の言葉を吐き出した。

「『衝撃矢《ショックアロー》』!!!!」

三度目の魔法は、直前まで続けざまに放たれた魔法で、傷ついていたブラックウルフの傷口に突き刺さった。

爆発するように衝撃が傷口の中からブラックウルフを襲い、その体液を周囲へと飛び散らせる。

地面に倒れたブラックウルフはそれでもなお藻掻き苦しんでいたが、すぐにその動きを止めた。

体力が尽きたのだ。

明は、その様子を見て奈緒の戦力の高さを知ると、すぐに声を張り上げた。

「ちょうどいい！　奈緒さんッ、ここでいくつかレベルを上げましょう!!　俺がこいつらを弱らせますから、奈緒さんはトドメを刺してください！」

「ああ、分かった!!」

拳銃を構えた奈緒は、明の言葉にしかと返事をする。

そうして、明と奈緒が一丸となってブラックウルフを相手にし始めて十数分。

その戦いは、明が到着するまでに犠牲となった五人の自衛官と二人の一般人を除いて、無事、明たちの勝利で幕を下ろしたのだった。

変化した街

激しい戦いの後には、夥《おびただ》しい血の痕がどす黒い血溜《ちだ》まりとなり、色濃く床に残されていた。

先ほどの騒動が嘘《うそ》だったかのように静まり返ったその場所では、生き残った自衛隊員が粛々と後処理を行っている。

彼らは犠牲者を丁寧にシーツに包み、調達してきた担架に乗せると、どこかへと運んでいく。

明《あきら》は最初、彼らは犠牲者を霊安室にでも運んでいるのだろうと思っていたが、どうやらそれは違ったようだ。

死体を安置していたところで、この世界では引き受け手がいない。……いや、居たとしてもそれからどうすることも出来ない。

ぼそぼそと漏れ聞こえてくる会話の中で時折、〝場所〟や〝スコップ〟という単語が出てきて、さらには〝個人が特定できるもの〟、〝遺族〟といった単語が飛び交っているのを聞くからに、きっと、どこかで土葬をするつもりなのだろうと明は考えた。

（死体を放っておけば腐敗するから、どうにかしなくちゃいけない。けど、人を燃やすにはそれなりの火力が必要だ。そうなれば煙が立つし、それがモンスターを呼び寄せる原因になる。さらには、火葬中の安全も確保しなくちゃいけない。火葬には時間が掛かるし、この状況下じゃいつモンスターに襲われるかも分からない……。となれば、土葬が一番安全なのか）

土葬は土葬で疫病をはじめ様々な問題を生みだすが、それは後々のことだ。今はまず、目の前のことに集中しなくてはならない。

明は小さく息を吐き出すと、エントランスロビーの壁に背中を預けて、思考を巡らせた。

（……それにしても、かなりマズいな。今の戦いで、犠牲者は七人。ブラックウルフの攻撃をまともに喰《く》らい、死ぬまでには至らなくても身動きの取れなくなった人は三人。俺が到着した時には十六人ほど居たはずだから、まともに動ける人は、半分以下か）

厳しい戦いだ。

次に同じような数で襲われれば、確実に彼らは全滅することだろう。

（ここに居る全員のレベルを『解析』で見てみたが……。一番高いのが軽部《かるべ》さんのレベル20だ。他の自衛隊員はだいたい平均してレベル18。応援に駆け付けたあの人達《ひとたち》は、それよりもレベルが少し低い。それに加えて）

明は、視線を動かし正面玄関の隅に集められたブラックウルフの屍《しかばね》へと目を向けて、解析スキルを発動させた。

（コイツらのレベルは25。前回で『自動再生』を取得していたから、俺はすぐに動くことが出来ていたけど……。前回だとまだ十分に身体《からだ》が癒《いや》されてないから、まず動けなかっただろうな。そうなると、この人たちはまず間違いなく全滅していたのか）

ブラックウルフが包囲していた以上、この病院が狙われているのはまず間違いない。

目覚めてすぐに動くことが出来れば、このイベントも死人を出すことなく回避することが出来るだろうが、今の段階ではまず無理だと思っていいだろう。

(出来る手立てと言えば……バリケードの強化、ぐらいか?)

ちらりと、明は視線を軽部に向けた。

おそらく、そのあたりの対策を話し合っているのだろう。

奈緒《なお》と自衛官の数人で、軽部は端のほうに集まって会議を開いていた。細かな指示を飛ばし、彼らの傍では生き残った人々がせわしなく行き交っている。

明の視線に気が付いた奈緒が小さく手招きをしてきたが、その手招きに明は首を横に振った。

目覚めたばかりで、いまだにこの世界のことも分かっていないのだ。自分が余計な口出しをするよりも、この世界で数日生き延びている彼らのほうがまだ、生き残るための対策となれば知恵が回ると考えた。

代わりに、明は奈緒に自分が知る限りのモンスターの知識を与えている。

その知識を奈緒は軽部にも伝えて、それを踏まえた上で今、対策を練っていることだろう。

そんな明の考えを汲《く》み取《と》ったのか。奈緒は、小さく呆《あき》れた笑みを浮かべると再び会議に戻った。

明は、目の前に浮かんでいた生き残った人々を『解析』していた画面を消して、息を吐き出す。

(やっぱり、強化までの猶予時間がたった一日しかないってのはかなりキツイな……。せめて二日……いや、みんながまともに現実を受け止めて、十分なレベリングを積む期間を考えると、三日か四日は欲しい)

いくら強化されたモンスターを倒し、未強化状態のモンスターを倒す時よりもレベルアップしやすいとはいえ、モンスターに襲撃されたのちに生き残りが少なければ意味がない。

（この状況が、全世界で起こってるのだとするなら……。持って数日――いや、一週間もせずに人類は全滅だ）

きっと、この状況はそこかしこで起きていることなのだろう。

やはり、ボスの討伐が早急に必要だ。

人類にはどうしても時間が足りていない。

（……この『黄泉帰《よみがえ》り』でのベストは、目覚めてから出来るだけ早く、ボスを倒すことだな）

心の中で、改めて明は覚悟を決める。

それから、ボスの討伐に向かうことを告げようと、彼らの元へ歩き出したその時。ふとある光景が目に入った。

「ん？」

エントランスロビーの隅に集められた、ブラックウルフの死骸の前に座り込む人影を見つけた。

小柄な女性だ。肩口で切りそろえられた明るい栗毛《くりげ》のミディアムへアーが、割られたガラス扉から吹き込む風に揺れている。

先ほどの戦いでは姿がなかったことからして、彼女はすべての戦闘が終わってから出てきたのだろう。身に付けた衣服は、他の人々と比べればずいぶん汚れが少ないように見えた。

（何だ？　ナイフを使って死体に何かしているみたいだけど……。ここからじゃよく見えないな）

明は彼女の行動に首を傾《かし》げた。

死骸に黙々とサバイバルナイフを滑らせているその姿は、戦後の処理で慌ただしい喧噪《けんそう》の中ではあまりにも異質に浮かび上がる。

現に、彼女の周囲を行き交う人々の一部は、ちらりと訝《いぶか》しげな視線を彼女に向けていた。

(ブラックウルフがまだ生きていた？　いや、それはない。確実にトドメは刺していた。あれはもう、動くことはないはずだ。二度、トドメを刺す必要はないと思うけど)

だったらどうして、死骸にまたナイフを入れる必要があるのだろうか。

(直接聞いてみるか)

その真意が気になる。

きっと、意味のない行動ではないはずだ。

そう考えた明は、彼女の傍へと近づき背後から声を掛けた。

「あの、すみません」

しかし反応がない。

よほど集中しているようだ。動きを止めることなくナイフを動かし続けるその姿を見つめて、明は再び声を出した。

「すみません！　聞いてもいいですか！」

心持ち少しだけ大きな声。

明からすればそこまで大きな声を出したつもりではなかったが、集中していたところでふいに届いた言葉に驚いたのだろう。女性は、ビクリと肩を震わせると慌てた様子で振り返った。

「ッ、びっくりしたぁ」

「ああ、いや。すみません、驚かせるつもりはなかったんですが……。あの、それは何をしているんですか？」

明の言葉に、女性は少しだけ視線を動かした。

どう答えようかと悩んでいるようだ。困ったようにその眉尻が下がって、躊躇《ためら》いがちに彼女は口を開く。

「いえ、その……。このままモンスターの死体を放置しているのもアレなので、使えそうな部分だけでも剝ぎ取ろうかと」

「剝ぎ取り？　……ああ、なるほど」

納得して明は頷《うなず》いた。

モンスターといえどその姿は動物や植物に似ている。毛皮や牙が何かに使えるかも、と考えるのは自然なことだと思った。

「ん？　あれ？　でもどうして、ブラックウルフの毛皮を剝ぐことが出来てるんですか？　こいつらの毛皮は、そこらのナイフじゃ刃が立たないぐらい硬かったはずですけど」

「ああ、それは」

言って、彼女は小さく笑った。

「『解体』スキルの影響ですね」

「『解体』スキル？　『解体』って、あの？」

スキル一覧の画面に表示されていたものを思い出した。たしか、ポイントを5つ消費すれば取得可能なスキルだったはずだ。

「はい、その『解体』スキルです。そのスキルさえあれば、モンスターの耐久値に関係なく素材を手に入れることが出来るようになるみたいで」

言って、彼女は実演するようにナイフをブラックウルフの死骸に滑らせた。その刃筋に沿って、毛皮が裂けて肉が露《あら》わになっていく。

「こんな風に」

「なるほど」

スキルの効果によるものならば納得だ。

そのスキル無しでもモンスターの死体から素材を手に入れることは出来るだろうが、そのモンスターの耐久を上回る筋力が必要になってくるだろう。その問題を、『解体』スキルは無くしてくれるものらしい。

「それじゃあ、素材を剥いだ後の死体ってどうしてるんですか?」

再び、明は彼女へと問いかけた。

すると彼女は、難しそうな顔になって首を傾げる。

「えっ? うーん、どうしてるんでしょう? 私はただ、モンスターから素材を手に入れているだけなので、そのあたりのことはなんとも。素材を剝ぎ取ったあとの死体も、気が付けば無くなっているので、あまり気にしたことは無かったですね」

「気が付けば無くなってる？　誰かが持って行ってるってことですか？」

「どうなんでしょう？　私も、そのあたりのことは詳しくないので」

困ったように彼女は言った。

どうやらそれ以上のことは本当に何も知らないらしい。

「そうですか……。分かりました」

明は作業の邪魔にならないよう女性に向けてお礼を告げると、そっとその場から離れた。

（モンスターの死体が消えてるってことは、誰かが持ち去ったってことか？　それとも、キラービーのようなモンスターが、人間だけでなくモンスターの死体も運んでいる？）

繰り返しの間ならば、そんなことは疑問にすら思わなかった。

何せ、一度死ねば自分のこと以外は全てリセットされていたからだ。

しかし今は、あれから三日という時間が経過している。必然的に、その間に殺されたモンスターの死体は誰かが処理をしない限りはどんどん積み上がっていくはずだ。

（まさか死んだ人達と同じように、誰かがモンスターの死体も地面に埋めている？　――なんて、ありえねぇよなあ）

と、そんなことを明が考えていた時だ。

「一条《いちじょう》さん！」

名前を呼ばれて、声の方向へと振り向いた。

すると、奈緒を伴ってこちらへと歩いてくる軽部の姿が目に入った。どうやら対策会議が終わったらしい。

明はその場で足を止めると、二人へと向き合う。

「奈緒さん、軽部さん。ちょうど良かった、聞きたいことがあるんです」

「聞きたいこと？」

奈緒は明の言葉に小さく首を傾げた。

「ええ、モンスターの死体って、今までどうしていたんですか？」

明のその言葉に、奈緒も軽部も互いの顔を見つめた。

「さあ……。あまり真剣に考えたことも無かったですね。気が付けば消えていたので、そういうものだと思っていました」

そう言って口を開いたのは軽部だった。

「そういうものって、変だとは思わなかったんですか？」

「思いましたが……。そもそも、突如としてモンスターがこの世界に出現した時点でおかしなことなので」

その言葉に、明は確かにそうだと妙な納得をしてしまった。

（たしかに、そもそもどうして急にモンスターが出てきたのかも分かっていないんだ。世界反転率ってやつがモンスターに関わっているのは確かだけど、それが起きた原因も分からない。レベルやステータスっていう現実にはないものが出現した時点で、そういうものだと受け入れるのも分かる気がする）

突如としてどこからともなく出現したモンスターは人々を襲い、逆に人々の手によって倒されたモンスターの死体はいつしか消える。

そんな世界になったのだと思えば、なぜモンスターの死体だけが消えるのかなんて疑問に思うこともないのかもしれない。

（そう言えば、これまで散々、ゴブリンから武器を奪ってたけどあれは消えてなかったな。ゴブリンが手にした道具を俺が奪ったからか？　…………いや、どちらかと言えば、ゴブリンが死んだことでその道具はモンスターからのドロップ扱いになったから残っていた、とかそんな感じか？）

自問自答を繰り返して、ひとまずの結論を出す。

その結論に明は理由のない確信を感じていたが、それはきっと、新たに入手した『第六感』の影響に違いなかった。

（モンスターの死体が消える謎については気になるけど、ひとまず、今のところソレを気にしてもしょうがないか）

明はため息と共に思考を止めると、二人へと視線を向けた。

「それで、二人してどうしたんです？」

「どうって、お前の様子を見に来たんだ。身体は平気か？」

明の言葉に応えたのは奈緒だ。

明は奈緒の言葉に小さく頷きを返す。

「奈緒さんこそ、無事でしたか？」

「私は後ろから魔法を放つだけだからな。私の元に辿《たど》り着《つ》く前に、一条がほとんど倒していたから、何も問題は無かった」

そう言って、奈緒は明を安心させるように小さく微笑《ほほえ》んだ。

彼女の言葉に明は戦闘中のことを思い出す。

「そう言えば、アレは何だったんですか？」

「アレ？」

「銃ですよ！　あんなもの、いったいどこから……」

「あー、これか」

言って、奈緒は自分の太腿《ふともも》へと視線を落とした。

そこには、黒いホルスターに差さった銃がぶら下がっていて、確かな存在感を放っている。

「安心してくれ。弾は入ってない」

「いや、そうじゃなくて」

奈緒に聞きたかったのは、銃の出処だ。

それを、もう一度聞き直そうと明が口を開いたその時だった。

「その銃は、以前、私が渡したんですよ」

言葉は、軽部のものだった。

「『初級魔法』を取得した際に、魔法を放つ際に方向を決めたほうが発動しやすいとのことで、手持ちの銃を渡したのです」

なぜ、そこで銃を渡したんだ。

そんな明の視線を察したのだろう。軽部が慌てて言葉を付け加えた。

「ご、誤解なさらないでくださいね。私だって、最初は躊躇いました。こんな状況ですが、七瀬《ななせ》さんは民間人ですし……。弾が入っていないとはいえ、実銃ですから」

「それなら、どうして？」

「それは」

言葉を濁すようにして、軽部は奈緒へと視線を向けた。

その視線に気が付いた奈緒は、ふいっとそっぽを向くと、恥ずかしそうに唇を突き出して呟《つぶや》いた。

「………杖《つえ》や棒を振るって魔法を発動するなんて、私のキャラじゃない」

シンプルな答えだった。

シンプルすぎるがゆえに、納得の出来る答えでもあった。

（まあ確かに。そもそも、『初級魔法』自体を奈緒さんが取得した時点で、キャラじゃないなとは思ったけど）

昔から、奈緒は何かあれば率先して前に出て行くような人だった。

だからこそ奈緒が『初級魔法』を取得したと聞いた時には驚いたのだが。

（だからって、そこで銃を使う辺り、奈緒さんらしいというか）

おそらく、魔法を使う際に使用する棒や杖などが撃ち出す方向を指し示す為《ため》のものならば使う道具は何でもいいと、そんなことを考えた結果なのだろう。

明は、軽部へと視線を戻して口を開く。

「これ、渡して良い物なんですか？」

「官品を渡すことは本来、言語道断。あり得ないことなんですが……。こんな状況です。誰も文句は言わないでしょう」

いや、だとしても本当に渡して大丈夫なのか？

（………まあ、いいか。渡した本人がそう言うなら）

大丈夫ではないとは思うが、これ以上の追及をするつもりもない。銃所持の良《よ》し悪《あ》しについてこの場で揉《も》めたところで仕方がないからだ。

（暴発して怪我《けが》でもされたら大変だし、どこかで奈緒さんが弾を手に入れないようにだけ気を付けよう）

明は密《ひそ》かに心の中でそう思って、気を取り直すように軽部へと声を掛ける。

「まあ、軽部さんがそう言うのなら……。それで、軽部さんは？　大丈夫でした？」

その言葉に、軽部は気を取り直すように小さく咳払《せきばら》いをすると、その表情を改めた。

「一条さんに助けていただいたおかげで、私の方も無事でした。もしもあの時、一条さんに来ていただかなければ、我々はきっとあの場で全滅していたことでしょう。生き残った自衛隊員、そしてこの病院に残る人々を代表して、お礼申し上げます。本当にありがとうございました」

「いえ……。俺は、俺に出来ることをしたまでです。それよりも、軽部さん達はこれから、どうされるおつもりですか？」

「これから、ですか」

その言葉に、軽部は少しだけ考えるように、後処理をする隊員たちへと目を向けた。

「そう、ですね。今の戦闘で、戦える者も少なくなりました。モンスターが現れて三日、隊員たちの疲労はピークに達しています。正直、一度撤退して態勢を整えるのが得策なのでしょうが……。ここには、元々入院されていた方もそうですが、我々がここに居ると知って逃げ込んできた人も大勢います。今、我々がここを離れれば、ここに残った人達はまず間違いなく死ぬことになるでしょう。だとすれば……。ここに、籠城するしか方法がないですね」

その言葉に、明は眉根を微《かす》かに寄せて考え込んだ。

確かに、彼らに生き残る道があるとすれば籠城する他に方法はないだろう。

しかし、籠城は通常、援軍を待つ場合にのみ有効だったはずだ。

「他の自衛隊は助けに来てくれるんですか？」

「……いえ。きっと、無理でしょうね。救援要請はずっと出していますが、ノイズばかりでどこの部隊も返事がない。どうやら今はもう無線も生きていないようです。……仮に通じたとしてもどこの部隊も救援を送る余裕がないでしょうね」

籠城したところで、助けがあるのかどうか分からない。

ここから逃げ出そうにも、この周囲の街々にもモンスターが出現している。空ではロックバードというモンスターが縄張りを主張しているがために、この病院の人々をヘリなどで輸送することさえも出来やしない。

そう考えると、確かに彼らが取れる選択肢は少ない。

軽部の言うように、ここに残った人達と共に生存することを考えるならば、籠城という選択肢を取る他に方法はないように思えた。

「このことを、まずはここに残った全ての人に話すつもりです。その上で、ここに残ると言った方と、出来る限り最後まで生きようと思います」

その言葉に、明はしばらくの間軽部をじっと見つめて、ただ一言呟いた。

「あなたは、ここに残った人達のためにその命を捧《ささ》げる覚悟を決めてるんですね」

「それが、我々の役目でもあります。我々自衛官は、国民のみなさまを守るために存在しているのですから」

軽部は、その口元に穏やかな笑みを浮かべると、そう応えた。

◇

軽部と別れた明は、奈緒を伴って病院を出た。

軽部は、明が出て行くことを告げると何も言わずに頷き、「お願いします」とただ一言だけ呟いた。

意外だったのは、奈緒も付いて行くと言った時の軽部の反応だった。

軽部は、驚いたように目を見開くと、奈緒も一緒に付いて行く必要があるのかと問いかけていたのが、明には妙に印象的だった。

明たちは夜闇の中を静かに歩き、当初の予定通りカニバルプラントを探すため、モンスターがあふれた世界を彷徨《さまよ》い出す。

そうしながらも、明は奈緒に向けて口を開いた。

「軽部さんは多分、奈緒さんも一緒に残って欲しかったんでしょうね」

「だろうな。残った戦力を考えても、私が出て行くと、かなりしんどいだろうし」

「いや、そうじゃなくて」

「違うのか？」

不思議そうに奈緒は言った。

その顔を見つめながら、明は小さくため息を吐き出す。

（……多分だけど、あれってきっと、気があったんだろうなぁ）

吊り橋《つりばし》効果とでも言うべきだろうか。

モンスターが現れ、いつ死ぬとも分からない世界だからこそ、軽部はきっと、奈緒に対してそういう感情を持っていたのだろうと明は考えた。

（まあ、本人は全く気が付いてないみたいだけど。この手の話題に鈍感なのも、昔からだな）

一つ息を吐き出すと、そんなことを考える。

明は、奈緒の太腿に寄り添う物体へと目を向けると、話題を変えるように言った。

「それと、ずっと気になってはいたんですが。ソレは、本当に魔法を発動させるのに必要だったんですか？　奈緒さんの性格上、確かに杖を振るって魔法を発動させないだろうとは思いますけど、魔法を発動させる方向を決めることさえ出来れば、何でも良《い》いんですよね？　わざわざ実銃を使う必要なんてあったんですか？」

「正直、魔法を発動させるために、これを使う必要はないな」

奈緒は、明の言葉にはっきりとそう言った。

「それなら、どうしてそれを使おうだなんて？」

「自衛のため、といえば分かりやすいか？　モンスターが現れて、世界がパニックに陥って、法も秩序もなくなったに等しいだろ？　レベルという概念が出てきてるし、これから、何かしらの良からぬことを企《たくら》むヤツも出てくると思う。……一応、私も女だからな。襲われた時に、これを構えてやれば少しはビビるだろ？　それで、隙が出来ればいいなって思って」

その言葉に、明はなるほど、と小さく頷いた。

確かに銃を向けられれば誰だって驚く。

奈緒の言うように、モンスターが現れたこの世界で、これまでの法や秩序が保たれるとは考えにくい。物資の取り合いで殺人を犯す奴《やつ》も出てくるだろうし、自らの欲を満たすためなら他人を襲うことを厭《いと》わない人間も出てくるだろう。

「だから、そのために軽部さんから貰《もら》ったと？」

「まあ、それも貰ったというより、なし崩し的に私が弾のない実銃を持つことを認めさせたって感じだけどな。軽部さんにも拒否されたし、ずっと渋っていたけど、最後には魔法を放つためならって言って諦めてたよ」

そう言って奈緒は一度言葉を区切ると、ホルスターにぶら下がったソレをそっと撫《な》でた。

「私としては、世界がこんなことになってから、自分の身を守るためにも銃が欲しいと思ってたんだ。最初、モデルガンでもあれば、と考えていたんだが……。手に入らなくてな。それから、目を付けたのが」

「実銃だった、と」

呆れるように、明はため息を吐き出した。

奈緒は、明の言葉に真面目な顔で頷くと、さらに言葉を続けた。

「そう。襲われた時に隙を作ることが目的だったから、弾のあるなしは拘《こだわ》らなかった。どうせ、モンスター相手には銃なんて効かないしな。『初級魔法』を取得したのも、その発動に道具が必要だって言えば銃を手に入れることが出来るかな、って思ってのことだったから……。正直、上手《うま》くいったよ」

奈緒はそう言うと、悪戯《いたずら》が成功した子供のようにニヤリとした笑みを浮かべた。

そんな会話をしながら夜闇の中を歩いていると、明たちは市街地の中心へと辿り着いていた。

三日ぶりに足を踏み入れた街は、大きな変化を遂げていた。

蜘蛛《くも》の巣《す》のように街に張り巡らされていた送電網は、へし折れた電柱と共にだらりとその黒い糸をアスファルト舗装に垂らしている。そこかしこでモンスターが暴れたのか、街の道路はところどころ陥没していて、非常に歩きづらい。

「こういう地面やへし折れた電柱は大抵、ボアっていうイノシシのモンスターが暴れた跡なんだ」

そう言いながら、奈緒は歩き慣れた様子で街の中を進んでいく。

「モンスターが現れてから酷《ひど》いものだよ。……ほら、あそこ。見える？　あのスーパーは、初日の夕方に火事場泥棒——もとい、生き残った人達の間で食料の争奪戦が起きて、中の物が全部持っていかれてた。あそこのコンビニは、初日の夜には大学生たちが占拠してたな。……今はもう居ないみたいだけど」

中の物を全て漁《あさ》られ、使えそうなものは全て持ち去られた店舗の数々。

持ち主が居なくなった路上の放置車はゴブリンの寝床へと変わり、住宅街の中にある小さな公園には我が物顔で居座るグレイウルフやブラックウルフの姿をよく見かけた。

時には大型車でも突っ込んだかのように一階部分に大きな穴の空いた雑居ビルも存在していて、そういった場所では巣穴のつもりなのか子連れのボアがのんびりとした様子で身体を休めていた。

たった三日で、街は完全にモンスターの根城へと姿を変えていたのだ。

「こいつら、倒しても倒してもキリがないんだ。まるで、倒した数だけこの世界に現れてきているような、そんな気がする」

そう言って、奈緒は路地から飛び出してきたゴブリンに銃口を向けると、『衝撃矢《ショックアロー》』を発動させた。

ゴブリンの右肩に突き刺さった矢は瞬時に弾《はじ》けて、その右腕を吹き飛ばした。

「確かに、俺もあの繰り返しの最中、レベリングの相手には苦労しませんでしたね。何せ、いつまで経《た》っても数が減らないんですから。それどころか、時間が経つにつれて出現する数が多くなってたし」

言いながら、明は奈緒の魔法で右腕が吹き飛んだゴブリンに向けて蹴りを放つ。蹴りは吸い込まれるようにゴブリンの頭へと放たれて、その命を一撃のもとに刈り取った。

「さすが手慣れてるな」

「まあ、これまで何百と相手をしてきたモンスターですからね」

小さく、明は肩をすくませた。

「そう言う奈緒さんもモンスターを殺すことに手慣れてますよね。ブラックウルフに向けて、バンバン魔法を撃ってたし」

「この世界にモンスターが現れて何日目だと思ってるんだ」

奈緒は呆れたように笑った。

「これでも、モンスターを殺した最初の頃は戦闘が終わってからしばらくの間は手が震えたし、夜も眠れなかったんだぞ？　さすがに今はもう慣れたけどな」

「…………今さらですけど。死に戻ったことで〝死〟を体験した今、モンスターが怖くないんですか？」

「怖いさ。でもな」

奈緒はそう呟くと、銃口を正面へと向けた。

「この世界での私たちは弱者だ。生きるため必死にならなければ、あっという間に死んでしまう。

それが改めて分かったから、怖いなんて思ってる暇がなかった」

言って、奈緒は『衝撃矢《ショックアロー》』を発動させた。

衝撃は数メートル先に居たゴブリンを襲い、ゴブリンの意識を奪う。

地面に倒れたゴブリンへと、奈緒は再び銃口を向けると、魔法を発動させてトドメを刺した。

「おっ」

ふいに奈緒が声を上げる。

「レベルアップだ」

「やりましたね！　おめでとうございます」

「ああ、ありがとう。実はさっきの、ブラックウルフの群れを相手にしていた時も結構レベルが上がってたんだ。それなのに、まさかまたゴブリンを数匹倒すだけでレベルが上がるとは思わなかった。次のレベルアップ近くまで経験値が貯《た》まっていたのかな」

言って、奈緒は恥ずかしそうな顔で笑った。

「今、レベルはどのくらいになりました？」

「今は……20だな」

問いかけた明の言葉に、奈緒は何もない空中を見つめながら言った。

どうやら、病院で格上のブラックウルフを相手に初級魔法を撃ちこみ、さらには明が弱らせたところでトドメを刺していたのが大きかったようだ。以前、『解析』を使って確認していた奈緒のレベルが16だったことを考えると、この短時間で一気に４つもレベルを上げたことになる。

「この調子でどんどんレベルを上げましょうか。奈緒さんが相手出来ないモンスターが出れば、ソイツは俺が相手します」

明は奈緒に向けて笑いかけると、屍へと変わったゴブリンから石斧を奪った。

あの繰り返しの中で、現実の武器はどれも貧弱だということが分かりきっている。おそらくだが、モンスターの耐久値の高さが影響しているのだろう。大したダメージも与えられずすぐに壊れてしまう現実の武器よりは、耐久性のあるモンスターの武器の方が扱いやすい。

加えて、包丁や鉄パイプなんかを使うよりは不思議と威力があることを、明はもうすでに理解していた。

「分かった。よろしく」

と、頷く奈緒の言葉を皮切りに、さっそくレベリング作業に取り掛かったのだが。

もはや何本目になるか分からない石斧を壊した明が舌打ちを漏らした。

「くっそ、またか」

「前に使ってた時と比べるとやたらと壊れやすいな」

吐き捨てるように言って、へし折れた石斧を投げ捨てる。

すでに数十分が経過しているが、レベリング作業は思っていたよりも進んでいない。明が手にした武器がことごとく壊れていくがために、時間がかかっているのだ。

「なんだ？　また折れたのか？」

明が投げ捨てた石斧を見て、奈緒が呆れたように言った。

「武器がどれも脆《もろ》すぎます。前はまともに使えていたゴブリンの石斧でさえも、今じゃあたった数回使っただけで棒切れですよ」

「何でだろうな？　私が使えばそんなことにはならないのに。使い方が荒いんじゃないか？」

言いながら、奈緒は手本を見せるように予備の武器として持っていた石斧を振り回した。それを見た明は不貞腐《ふてくさ》れるように唇を尖《とが》らせる。

「違いますよ。俺の筋力値が前よりも高くなったからです。今の俺が全力で武器を振り回したら大抵のものが耐えられない。奈緒さんだってさっき見たでしょ？　俺が振り回した金属バットが、ゴブリンに当たった瞬間に砕けるのを」

ほんの少し前の話だ。

武器《石斧》を調達するために、適当に拾った金属バットを片手にゴブリンへと挑んだことがあった。明が振った金属バットはたった一回の使用で半ばからへし折れるように割れて、武器としてまるで使い物にならなくなってしまった。その光景を見た奈緒は、映画みたいだとゲラゲラ笑っていたが、明からすれば当然、そう言ってもいられない状況だった。

「あの衝撃映像みたいなやつか？　正直、私は見ていて面白かったぞ。たった一回振ったバットが使い物にならなくなって呆然《ぼうぜん》とするお前の顔が、だけど」

「余計なところは覚えてなくていいんですよ」

明は大きなため息を吐き出した。

「それにしても。こうも武器が壊れてちゃ話にならないですね。やっぱり、俺は素手で殴ったり蹴ったりしてたほうがいいのかも」

「まあ、お前の筋力値が高すぎるせいで、そこらの武器じゃ耐え切れないってのは確かだろうな」

「どこかに頑丈な武器でもあればいいんですけど」

と、呟いたその時だ。

明はふと、その武器の存在のことを思い出した。

「────そうだ。斧《おの》、斧ですよ！　アレがあるじゃないですか!!　アレならきっと、俺の筋力で振り回しても大丈夫なはずです!!」

「アレ？」

「ミノタウロスの斧です！　アイツの筋力で振り回しても折れなかったんだ。アレなら、俺が振り回してもそう簡単に壊れないはずですよ！」

「あぁー……。あの斧か」

その存在を思い出したのだろう。奈緒は明の言葉に頷いた。

けれどすぐに、彼女の眉根は疑問を呈するように寄せられる。

「そりゃあ、あの斧ならお前の力に耐えられるだろうが……。あれからもう三日も経っている。まだあの場所に残っているものか？　誰かが持ち運んだりしてるんじゃないか？」

「たぶん、問題ないはずです。あの武器はそう簡単に持ち上げられるものじゃないし、持っていくことは出来ないと思います」

あの斧は、筋力が70を超えた当時の明が手に持つのがやっとの、とてつもなく重たいものだった。

逆に言えばそれだけの筋力さえあれば、誰だって持つことが出来るのだが、この三日間でそこまで筋力値を上げることが出来る奴なんて明以外に居るはずがない。

数人がかりならば斧を運び出すことぐらいは出来るかもしれないが、そんなことをしていれば、モンスターの格好の的だろう。

「物は試しです。まずは一度、そこに行ってみましょう」

「そうだな。行くだけ行ってみるか」

現場に向かうことに異論はないようで、奈緒はすぐに頷いた。

明達はミノタウロスとの激戦を繰り広げた住宅街へと足を運ぶ。

あの時とはまるで違う、変わり果てた光景を眺めながら足を動かしていると、路地の真ん中で見覚えのあるものを見つけた。

「あった！」

叫び、明はその斧の元へと駆け寄った。

戦斧《せんぷ》の刃には乾ききった血糊《ちのり》がべったりとこびり付いていた。ここ数日の間で、誰かが持ち運ぼうと試したのだろう。地面には数センチほど引き摺《ひず》られたような跡が残されていた。

けれど予想していた通りだ。持ち運ぼうとした人はこの斧の重さに耐えきれず諦めたようで、戦斧は忘れられた落とし物のようにぽつんと舗装路に転がっていた。

(馬鹿みたいな重さに感謝だな。おかげで、数日たっても残されてた)

問題は、その切れ味と使い勝手だ。

誰にも手入れされず、数日の間放置された刃は、血や脂で切れ味が落ちた可能性がある。

そっと、明は刃の血糊を拭った。

するとその下から月明かりを鈍く反射する刃紋が現れる。その輝きは、記憶の中と変わりがない。恐怖と絶望の中で幾度となく目にしたあの輝きだ。

(良かった。まだ使えそうだ。……っと、そうだ。ミノタウロス！　アイツの死体はどこだ？)

明は、病院で交わしたモンスターの死体が消えるという話を思い出して周囲を見渡した。

しかし、やはりと言うべきかミノタウロスの死体はどこにもない。

あの巨体を運べる人間なんて、そういるはずもないことを考えると、おそらくこれが、奈緒達の言っていたモンスターの死体が消えるという現象なのだろう。地面には大量のどす黒い血痕が残されていて、確かにここに死体があったのだとその血の跡だけが教えてくれていた。

「よかったな」

小さく笑って、奈緒が地面に残された血痕を避けるようにして明の元へと近寄ってきた。

「改めて見ると、やっぱりデカいな」

「まあ、あのミノタウロスの武器ですからね」

言って、明は自分の身の丈と同じくらいの戦斧を手に取り、一気に持ち上げた。

ズシリとした重さが伝わってくる。……が、問題ない。

前とは違って、身体が悲鳴を上げることもなければ軋《きし》むこともない。あの時よりもさらに上昇し

た筋力値が、その重さをしかと支えてくれている。

明は奈緒から離れると、その使いやすさを確かめるように一度素振りをした。

（……うん。やっぱり、前とは違って使いやすいな）

心で呟き、さらに数回ほど素振りを繰り返す。それから、今度はモンスターとの戦闘を考えて、素振りに動きを追加してみる。

斬り下ろし、斬り上げ。横薙《よこな》ぎの振り払いに、自身を中心とした円を描くような回転斬り。

その中にも蹴りや徒手といった、これまでの戦いで培ってきた技術を織り交ぜて、明は自分なりの戦い方を模索する。

そうして、しばらくの間身体を動かしたところで、明はニヤリとした笑みを浮かべた。

（いいね。振るとまだ多少身体が持っていかれる感じがするけど、その感覚もきっと、これから筋力値が上がっていけばすぐに無くなる。……あとは、この武器が黄泉帰った後にすぐ使えれば良いんだが）

そう考えたところで、明はその存在を思い出した。

（そうだ！　『インベントリ』!!　あれに登録しておけば、すぐこの斧が使えるようになるんじゃないか!?）

ミノタウロスを討伐したことで、『黄泉帰り』に追加された新システム。

その存在を思い出した明は、さっそくミノタウロスの斧をインベントリに登録する。

（よし、これで次の死に戻り先にも斧が持ち込めるはずだ）

明は、表示させていたインベントリの画面を消すと、手にした戦斧を肩に担ぎ直した。

すると、そんな明に向けて奈緒が言った。

「まるで山賊だな」

「もっとマシな言い方をしてくださいよ。聞こえが悪いです」

「それじゃあ、他に何がある？」

「例えば、ほら。金太郎……とか？」

「マシか？　それは」

「山賊より可愛《かわい》げがありません？」

「一緒だろ」

と、奈緒が明の言葉に笑ったその時だ。

「奈緒さん」

ふいに、表情を真剣なものへと改めた明が奈緒の名前を呼んだ。

「なんだ？」

明の表情に嫌な予感がしたのだろう。

ふっと笑顔を消した奈緒が、真剣な表情となって問いかけた。

「いったい、どうし――」

と、奈緒は言葉を続けたが、その言葉は途切れる。

奈緒もまた、明の言いたいことに気が付いたのだ。

「……囲まれてるな」

小さな声で、奈緒が言った。

「……ええ。それも、ブラックウルフとグレイウルフばかりだ」

頷き、明はあたりを見渡した。

周囲に並ぶ家屋の中、敷地《しきち》を区切るブロック塀の陰、狭い路地の曲がり角。

ぞろぞろ、ぞろぞろと。

黒と灰色の体毛を持つ狼《おおかみ》達が群れを成して、ゆっくりと明達の目の前に現れた。

――その数、全部で十二匹。

おそらく、この周辺に居た狼が全て集まったのだろう。

現れた狼達は、その口元から涎《よだれ》を垂らしながら明へと向けて敵意の唸《うな》り声を上げていた。

（くっそ、トロフィーの影響がデカすぎるな。他のモンスターよりも圧倒的にこいつらから襲われる回数が多い!!）

これまで、狼系のモンスターを相手にするときは基本的に奈緒を背後へと下がらせていた。トロフィーの効果で強制的にヘイトが集中しているからか、傍で守るよりも後ろに下がらせたほうがまだ安全だったからだ。

けれど、逃げ道を防ぐように隙間なく囲まれた今、その敵意から奈緒を逃がす術は無くなってしまった。

（マズいな……。これじゃあ、奈緒さんも強制的に戦うしかない）

小さく、明は舌打ちをする。

奈緒が死ねば、明自身も道連れになって過去へと戻ることになる。過去に戻ればまた、半日以上も身動きが取れなくなってしまう。

今は奈緒のレベリングを優先しているが、ゆくゆくは自分自身のレベリングも行わなければならない。そう何度も無駄に死に戻るわけにはいかない。

明は固く唇をかみしめると、奈緒に囁《ささや》くように言った。

「……奈緒さん。俺が合図をしたら正面のグレイウルフに向けて魔法を発動させてください」

「分かった」

呟き、奈緒は覚悟を決めるように頷くと拳銃を構えた。

「それじゃあ、準備はいいですか？　いち、にの────さんッ!!」

言うと同時に、明は地面を踏みしめて群れの中へと駆け出した。

同時に、奈緒も魔法を発動させるべく声を張り上げる。

「『衝撃矢《ショックアロー》』!!」

銃口から飛び出した光の矢は、明と同時に狼の群れの中へと飛び込んだ。

群れの中に突っ込んだ明へと向けて、手近に居たグレイウルフが牙を剝《む》いてくるが、その顔へと光の矢は突き刺さり、爆発するように衝撃を与える。

「ギャインッ！」

怯《ひる》む声を上げたグレイウルフを明はすかさず蹴り飛ばす。そのまま、ステップを踏むようにぐるりと身体を捻《ひね》り、手にした戦斧を腰だめに構えた。

「ふっ――――んッ‼」

自身へと襲い掛かってくる黒と灰色の狼達へと、明は横薙ぎに戦斧を斬り払った。

確かな手応え。

刃は、飛び掛かってくる狼達の身体を捉えると、その身体を抵抗もなく斬り捨てた。

(さすが。あの、ミノタウロスが使ってただけあるな)

血飛沫《ちしぶき》を浴びながら、明はニヤリと笑った。

(切れ味も、威力も、全然違う。どういう原理でここまで威力が出てるんだ?)

トロフィーにあるダメージボーナスのように、モンスターが持つ武器それぞれにも何かしらの効果が付与されているのだろうか。

そんなことを明は考えたが、すぐに思考を切り替えた。

素早くバックステップを踏んで奈緒の元へと戻ると、すかさず身体を反転させる。

「ッ、伏せてッ‼」

目にした光景に目を見開くのと、声を張り上げるのはほぼ同時。

「っ!」

叫ぶ明の言葉に、奈緒はなんの疑問も持たず反射的にしゃがみ込んだ。

瞬間。奈緒の背後から迫っていたブラックウルフが、直前まで奈緒の頭があったその空間を抉《えぐ》るように嚙《か》んだ。

ガチンと頭上で合わさる顎のその音に、奈緒の顔からさっと血の気が無くなる。

明はそのブラックウルフの横っ面を掴《つか》むと、勢いよく地面に叩《たた》きつけた。

しかし、体勢が悪かった。

バランスの崩れたその攻撃は、十分な体重を乗せることが出来ず、威力も低い。

地面に叩きつけられたブラックウルフが悲鳴を上げながらも、すぐに立ち上がろうとするのを見て、すぐさま明はトドメを刺そうと動こうとしたが、その動きを止めた。

しゃがみ込んでいた奈緒が、地面に叩き付けられたブラックウルフへと、すでに銃口を突き付けていたからだ。

「『衝撃矢《ショックアロー》』」

恐怖を振り切るように吐き出された言葉が、今度こそ、その狼の息の根を止めた。

「ナイスです！」

「言ってる場合か‼　前ッ‼」

言われて、明は視線を向けた。

そこにはもうすでに別のブラックウルフが素早い動きで明の元へと迫っているところだった。

「ガァッ！」

牙を剝いたブラックウルフは、明の腕を嚙み砕かんとばかりに口を開く。

明はその攻撃を身体を捻り、避けると、そのまま飛び込んで来た狼の身体を膝で蹴って吹き飛ばした。

「グルルルァァアアアアッ！」

息継ぎをする暇もなく、すぐ傍に居たグレイウルフが鋭い爪で引き裂こうと飛び掛かってくる。

明は戦斧を盾のようにしてその攻撃を受け止めると、すかさず前蹴りを放ってそのグレイウルフを下がらせた。

（ああもう！　鬱陶しい!!）

心で舌打ちをして、明は斧を振るって傍に居たブラックウルフを斬りつける。その勢いのまま傍に居た別の狼を蹴りつけて、明は大きく息を吐くと戦斧を腰だめに構えた。

「――――ッ！」

目の前の狼達を見据えて、力を込めた。

腕と足の筋肉がパンパンに膨らみ、いくつもの筋が浮かぶ。

そうして、明は溜《た》め込《こ》んだ力を爆発させるように、

「おおおおおおおお!!」

雄叫《おたけ》びを上げるように喉を震わせると、一気に目の前の狼達へと飛び込んだ。

「ッ!!」

声なき気合の言葉と同時に、手に持つ戦斧が振るわれる。

横に薙がれた銀閃《ぎんせん》は、次々と狼達を真っ二つに切り裂き辺り一面をどす黒い血の海に変えた。

レベルアップしました。

ポイントを1つ獲得しました。

消費されていない獲得ポイントがあります。

獲得ポイントを振り分けてください。


軽やかな音と共にレベルアップを知らせる画面が現れる。

それを、明は煩わしそうに手で振り消して、素早く周囲を睨《にら》み付《つ》けた。

(あと、五匹!)

心で呟き、明はまた地面を蹴って生き残ったグレイウルフとブラックウルフに飛び掛かった。

数が減ったことで、奈緒自身にも余裕が出てきたのだろう。

奈緒は魔法を放ちながらゆっくりと後退し、自身がそう簡単には襲われない位置へ着くと、明の援護をするように次々と魔法を発動させていく。

「これで終わり、だッ!」

そうして、明が最後の一匹へとトドメを刺したのは、戦闘が始まってから数分ほど後のことだった。

「ふぅー……。なんとかなったな」

安堵《あんど》の息を吐き出し、明は手にした戦斧をまじまじと見つめた。

(この武器があったおかげで、戦闘もあっという間だった。攻撃力、っていえば良いのかな？　武器の切れ味も申し分ないし、控えめに言って最高だな)

さらに言えば、これだけの数のモンスターを相手にしても壊れる様子すらないのだ。

間違いなく、現状で手にすることが出来る武器では一番とも言える代物だろう。

(これがあれば、強化されたボスを相手でも楽に勝てるんじゃないか？)

そんなことを考えながら、明は手にした斧を振るってその刃に残る血糊を払う。

そうしていると、後ろに下がっていた奈緒が様子を窺うようにして近づいてきた。

「平気か？」

「大丈夫です。奈緒さんは？」

「私も無事だ」

こくり、と奈緒は小さく頷いた。

ちらりと、明の手にした斧へとその視線が向けられる。

「それにしても、凄《すさ》まじい切れ味だな。ブラックウルフがまるでバターみたいだった」

「ええ、俺自身も使っていてビックリしました。さすが、ミノタウロスが使っていた武器です。既存の、現実にあるどの武器とも違う。武器そのものにダメージボーナスが発生しているみたいでした」

「ダメージボーナスか……。ゲームとかだと、武器ごとに攻撃力が設定されていたりするが、モンスターの武器にもそういうのがあるのか？」

「どうでしょう？　ありそうな気もしますが」

言われて、明は考えた。

もしも本当に、武器ごとに攻撃力が設定されているのだとすれば、モンスターのステータスを解析することが出来たように、何かしらのスキルでそれも確認出来そうなものだ。

「────ぁ。なるほど、それが『鑑定』か」

すぐに、明はそのスキルの存在に思い当たった。

「鑑定？　どうしたんだ、急に」

「いえ、武器ごとの攻撃力があるなら、それを『解析』のように見ることが出来ないかなと考えていたんですが……。もしも、それを見ることが出来るなら『鑑定』のスキル以外に方法はないだろうな、と」

「『鑑定』か……。生物以外の情報を見ることが出来るスキルだったっけ？　そう言えば、前に一度、自衛隊の誰かが『鑑定』スキルを持っているって聞いたことがあるな」

「ッ！　それじゃあ、その人に頼めば、武器ごとに違う攻撃力を見ることも？」

「出来た、だろうな」

ため息と共に吐き出された言葉は、含みのある言い方だった。

明は微かに眉を顰《ひそ》めて言い返す。

「出来た？　過去形ですか？」

「ああ。その人はもう……亡くなったよ」

静かに、奈緒はそう言った。

思わず言葉を失う。明は一度開いた口を閉じると、やがてゆっくりと息を吐き出して、言葉を返した。

「そう、ですか……。他に、『鑑定』スキルを持っている人を知っていますか？」

奈緒は小さく首を横に振った。

そんな奈緒の様子に、明はまた「そうですか……」と呟き口を噤《つぐ》む。

（まあそうだよな……。直接、戦闘に役立ちそうにないスキルを優先して取得する人は少ないよな）

自分で『鑑定』を取得することなく、武器に与えられた攻撃力を確認する方法は一応ある。

『黄泉帰り』で過去に戻れることを逆手にとって、自分と奈緒以外の誰か適当な人に『鑑定』を取得してもらうのだ。この人生ではその人は『鑑定』を取得したことになるが、死に戻ればそれも無かったことになる。

（ポイントを無駄にしないっていう意味ではそれが一番だけど……。問題は、『鑑定』を取得するように説得するのが大変ってところだよなぁ）

明を除く他の人にとって、ポイントを得る手段はレベルアップに限られている。

ゆえに、ポイントは非常に貴重なものだ。

そんな貴重なポイントを、他人のために使ってくれと頼み込んだところで、はい分かりました、と首を縦に振る人はまずいない。それでもしつこく迫れば、そこまで言うなら自分で取得しろよ、と誰だってそう言うに決まっている。

（ひとまず、またどこかで大量にポイントを獲得したら自分で取得することも考えよう）

明は結論を出すと、話を変えるように奈緒へと声を掛けた。

「ひとまず、攻撃力のことは置いておいて。この武器が〝使える〟武器であることは間違いないですね。今みたいに群れで襲われれば俺が相手をしますから、奈緒さんはレベリングに集中しましょう」

「分かった」

こくりと奈緒が頷き、明達は再び街の中を彷徨い出した。


それから、二時間後のことだった。

「うわぁぁあああああああああああ‼」

「ッ！　なんだっ⁉」

ふいに聞こえてきた静寂を切り裂くかのような大きな悲鳴に、明達は黙々と行っていたレベリングの手を止めた。

すぐに物陰に駆け込んで、注意深く周囲の様子を窺う。

すると、路地の向こうからモンスターの唸り声や鳴き声が聞こえてくるのに気が付いた。

「誰かがモンスターに追われているみたいですね」

「みたいだな。どうする？　助けるか？」

奈緒の言葉に、明は眉間に皺《しわ》を寄せた。

「そうですね……」

呟き、逡巡《しゅんじゅん》する。

この二時間、休みもなく行っていたレベリングのおかげで、奈緒のレベルは3つ上昇している。以前の死に戻りでは考えられないレベルアップ速度だが、今はもう、モンスターのレベルやステータスが強化された後の世界だ。モンスターのレベルが上昇した分、討伐した際に得られる経験値も以前に比べれば多くなっているように感じる。

さらには明達が街に出てからずっと、グレイウルフやブラックウルフといった、この街に出現したモンスターの中でもひと際レベルの高いモンスターにやたらと襲われ続けているのも、奈緒のレベルアップを手助けする要因になっていた。

(アイツらにやたらと襲われるのは……まあ、俺の持つトロフィーの影響だろうな。ひっきりなしに襲われるのは面倒もいいところだが、今は都合がいい。アイツらのレベルは20を超えている。俺にとっちゃあどちらも雑魚だが、奈緒さんからすればまだ強敵だ。襲い掛かって来る群れを蹴散らせば蹴散らすだけ、奈緒さんのレベルはどんどん上がる)

とはいえ、と明は小さく息を吐いた。

（レベルは上がってるけど、奈緒さんのステータスはまだ全体的に物足りないんだよなぁ）

その原因ははっきりとしていた。

明には『クエスト』という特別なシステムがあった。報酬としてポイントを貰えるそのシステムがあったおかげで、今の奈緒のレベル帯ではもうすでに『身体強化』をLV2にすることが出来ていた。

その、スキルレベルの差がステータスにはっきりと出ている。

『初級魔法』というスキルのおかげで何とか戦えてはいるものの、今の奈緒に余計な騒ぎに首を突っ込む余裕がないのは明らかだった。

（俺だけで様子を見に行くって選択肢もあるけど……。その間に奈緒さんが襲われればまた危険だしなぁ）

「一条」

（と、なると……。このまま何もしないのが一番かな。襲われてる人には悪いけど、どうにか頑張って生き延びて貰って――――）

「一条！」

「え？」

「声！　こっちに近づいてる‼」

と、奈緒が叫んだその瞬間だった。

「ぁあああああああああああ‼」

ふいに路地の先からひとりの男が飛び出してきた。

飛び出してきた男も、そこに明たちがいるとは思わなかったのだろう。

一瞬だけ驚いたような表情を見せると、すぐに逡巡するように視線を動かして、やがて焦燥に駆られた表情で背後を確認する。

「早く逃げろッ!!」

恐怖に駆られるように男が叫んだ。

「っ！」

その意味を、明はすぐに理解した。

男が何に追われているのかなんて確かめるまでもない。こちらへと向けて近づく、モンスターの気配がその答えだった。

（クッソ！　まさか向こうからこっちに来るなんて！）

意図せず巻き込まれた形となったことに内心で舌打ちを漏らすが、こうなってしまってはどうしようもない。

「奈緒さ――――」

声をあげて、明は逃げ去る男に続こうと足を踏み込む。

そんな時だった。

「い、いちっ、一条ッ……!!」

奈緒に名前を呼ばれた。

「あ、あれ。アレ!!」

血の気が引いた顔で奈緒が指を差す。

その指し示された方向へと目を向けて、明の思考は一瞬、止まった。

「……は？」

理解出来なかった。

いや、目の前に広がる光景を理解したくもなかった。

半壊した家屋を乗り越えて、路地に立つ電柱をなぎ倒して。車や自転車、自販機さえも半ば潰すようにして。

ブラックウルフ、グレイウルフなどといった足の速いモンスターを筆頭に、ボアやキラービー、ゴブリンなどといったこの街に出現した全てのモンスターが、路地の向こうから怒濤《どとう》の勢いとなって押し寄せてくるその光景に、明の足は止まってしまった。

「冗談、だろ……？」

思わず呟く。

押し寄せるモンスターの数は十や二十なんてものじゃない。それこそ百、数百にも及ぶモンスターの大群だ。

ソイツらは逃げた男と同じ恐怖に駆られた表情となって、まるで背後から迫る何かから逃げるように、我先にと一目散にこちらへと向かってきていた。

（なんだよ、あれ……。何だよ、コレ!!　モンスターの大群？　大移動？　いや、そんなもの今は

どっちでもいい‼　とにかく今はココから逃げないと――――ッ‼）

止まっていた思考が急速に廻《まわ》りだす。

引いていた血の気が一気に戻って、明の身体は弾かれたように動き始めた。

「奈緒さんッ‼」

叫び、奈緒の手を引いた。

しかし奈緒の身体が動かない。初めて目の当りにするその光景に、身体が竦《すく》んでいるのだ。

「奈緒さん、早く！」

明はさらに強く、奈緒の手を引いた。

しかし、それでも奈緒は動かない。いや動けない。恐怖に震える奈緒の視線が明に向けられて、その瞳にじんわりと涙が浮かんだ。

「だ、ダメだ。動かない。動けないんだ……」

「ッ！」

その言葉に、明は奥歯を嚙みしめた。

今、この手にある戦斧は巨大だ。重量もある。彼女と戦斧、その二つを抱えて逃げられるほどの余裕が今の明には無かった。

（悩んでる余裕なんてねぇ！　選択肢は一つだろ！）

心で吐き捨て、明は迷いなく戦斧を捨てた。

その手ですぐに彼女を抱きかかえる。乱暴に扱ったからか、抱え上げた奈緒の口から小さな悲鳴が零《こぼ》れた。

「文句は、言いっこなしですよ！」

吐き捨てるように言って、明は走り出した。

「はっ、はっ、はっ、はっ……！」

背後から追われるプレッシャーに、明の息が僅かに上がる。倒れた電柱を飛び越えて、いくつもの路地を駆けぬけて、どうにかその群れから逃れようと足を動かし続ける。

けれど、いくら走ったところで背後の気配は消えない。

それどころか、明が逃げ回れば逃げ回るだけ、まるでその行為が反感を買っているかのように別のモンスターが群れに合流し、より大きな群れとなって狙いを定めてくる。

（くっそ、トロフィーの影響か！　俺にヘイトが向く効果があるから、派手に動けば動くだけ、モンスターをより引き寄せている!!）

ならばいっそ、どこか安全な場所に奈緒を隠して自分が囮《おとり》となってモンスターを引き付けた方がいいのではないか。

そんなことを考えて、明はすぐに首を横に振った。

そもそも、今、奈緒を一人にしたところで安全である保証がもうどこにもなかったからだ。

（仮に俺が囮になるのなら、最初の段階でそうするべきだった!!　今じゃあ街中のモンスターが俺たちに狙いをつけてるような状況だ。こんな状況で、奈緒さんだけをひとりになんてすることは出来ない!!）

今はとにかく、この群れを引き離そう。

改めてそう思い直したところで、明の口からは盛大な舌打ちが漏れた。

「チッ」

足を踏み入れた路地の先にブラックウルフの群れがいた。ブラックウルフ達はすぐに明達に気が付いて、瞬く間にその瞳に敵意を宿らせる。

「ここもかよ！」

慌てて引き返そうとするが、その足もすぐに止まる。逃げ場を塞ぐかのように、そこにはまた別のモンスターが群れとなって迫っていたからだ。

「くっそ‼」

ならば屋根の上から、と考えて視線を向ける。が、それもすぐに舌打ちに変わった。

半ば崩れた家屋の上から、明達を狙うモンスターの視線に気が付いたからだ。

（――マズい。マズいマズいマズいマズい！）

もう、逃げ場がない。

全ての路地はモンスターに塞がれた。ここから逃げ出そうにも、四方八方を大量のモンスターに囲まれている。もはや、戦闘無しではここから逃げ出せない。

「しっ――」

『疾走』と。口に出そうとした言葉は途切れた。

言わなかったのではない。言えなかった。

魔力を消費し、身体を加速させるそのスキルを使えば、腕の中にいる奈緒の負担がどれほどになるか分からなかったからだ。

「ガァアッ！」

そして、その躊躇いが決定打となった。

屋根の上から飛び掛かって来るグレイウルフの群れに明の対応が数瞬、遅れた。

反射的に繰り出した蹴りは数匹のグレイウルフを捉えて吹き飛ばすが、それを逃れた一匹が懐深くに潜り込んできた。

「ガァ、ゥ！」

開かれた顎が涎でぬらりと光る。

その顎は、奈緒の右のふくらはぎに目掛けて真っすぐに閉じられる。

「ア、ぃ、ぁあああ‼」

ぶちり、と。

何かが千切れる音と、腕の中から響く悲鳴は同じタイミングだった。

「い、ア、ぁああああ‼」

彼女のあげた悲鳴と、肉が欠けた右足から溢《あふ》れ出《で》る真っ赤な血液が、この場に集まったモンスター達の嗜虐《しぎゃく》心をさらに刺激した。

「グルルァ！」

「げぎぃ！」

「ヴヴヴォオオ」

数百にも及ぶすべてのモンスターが、その顔にニタリとした笑みを浮かべる。

今、目の前にいるあの人間を食べるのは早いもの勝ちだと、声も無くその表情が物語る。

「――ッ!!」

もはや一刻の猶予もない。

それを、明は一斉に向けられるモンスター達の笑みを見て悟った。

この場に集まる数百のモンスターが一気に動き出せば勝ち目はない。一匹一匹は取るに足らない雑魚であっても、それが数百も集まれば話は別だ。敵意を剝《む》き出《だ》しにするその塊は、ボスに匹敵するほどの脅威にもなる。

『疾走!!』

奈緒の身体が心配だが、それを心配している余裕すらも無かった。

二人で生きて、この場を切り抜けるにはスキルに頼るしか方法はないのだ。

「ぐっ、う……」

足を踏み出し、加速する身体の衝撃に腕の中の奈緒が呻《うめ》いた。

重力は奈緒の身体に負担としてのし掛かり、足の傷からはより一層、真っ赤な血が溢れ出す。

額に浮かぶ玉のような脂汗が、彼女の頰を伝った。

苦痛に歪《ゆが》むその表情に、明は固く唇を嚙みしめることしか出来なかった。

「グルルゥウウアアア!!」

襲い掛かるブラックウルフに向けて、明は右足を払って蹴りを繰り出す。

吹き飛ぶブラックウルフから視線を外し、進路を塞ぐゴブリンやボアに向けて足を踏み込む。

「どけよ」

呟き、足を踏み出す。

「そこを、どけよォォオオオオオオオオオオオオ!!」

雄叫びをあげて、明は群れの中に突っ込んだ。

断たれた退路を切り拓《ひら》くべく、声をあげて奈緒を守りながら前に突き進む。

けれど、いくら身体を加速させたからといって。武器を捨て、奈緒を抱えて両腕を封じられた今、眼前を覆い尽くすモンスター達から無事に逃げ出せるはずもない。

「がっ、ぐ、ぅ」

一歩、一歩と。

足を前に動かす度に、攻撃をすり抜けたモンスターが懐に入り込んでくる。その迎撃に意識を割けば、また別のモンスターが死角から襲い掛かって、その手に持つ武器や鋭い牙で噛み付いてくる。

それを、腕の中の奈緒も分かったのだろう。

「もう、いい。私を下ろせ、一条。お前だけでも……」

苦痛に顔を歪めながら、奈緒は小さく呟いた。

明はあらんかぎりの大声で答える。

「うるさいッ！　俺だけ？　俺だけなんだって言うんですか!!　言ったでしょ!?　俺たちはもう、

一蓮托生なんですよ‼　これからは、俺たち二人で生き残らなきゃ意味がないんですよ‼」

「でも」

「でもも、だけども、今は無し！　とにかく、奈緒さんは俺に摑まってればいいんです。大丈夫、何とかします」

言って、明は前を向く。腕の中で、何もかもを諦めた彼女を安心させるべくその顔に笑みを浮かべる。

けれど正直に言って、『大丈夫』と口にしながらも明の身体は限界に近かった。

ミノタウロスから受けた身体の傷はまだ、完全には癒えていない。発動した『疾走』の負荷に、傷口はあっという間に開いて血が滲《にじ》んだ。

さらには、暴力的とも言えるこのモンスターの量だ。四方から絶え間なく続くモンスターの攻撃に、じわりじわりと体力が削られてゆく。

今や、明は気力だけで動いているような状態だった。

〝絶対に生き延びる〟というその覚悟が、限界の近いその身体を突き動かしている。

どうにか意識を保つことが出来ていたのは、これまでのレベルアップで上昇したステータス上の体力値と、耐久値による恩恵があるからだ。

その、常人を離れたステータスが、限界を迎えようとしている明の命を辛《かろ》うじて繋《つな》ぎ止《と》め、動かしている。

「邪魔だァァアアアアアアアアアア‼」

自分の限界を奈緒に悟られぬように改めて叫び、明はよりいっそうの激しさで暴れる。

生き延びるため、この手に抱く彼女を守るために。自らの命を燃やすようにして、明は眼前に映るモンスターを次々と屍へと変えていく。

そうして、襲い来る大群を相手にしていた時だった。

「ッ⁉」

ふいに、ゾクリと。全身の毛が逆立つような奇妙な感覚を覚えた。

その感覚に、明は弾かれたように視線を向けた。その行動が、致命的な隙に繋がる。

「がっ――――」

顎先を襲う衝撃と、視界の暗転。

数匹のゴブリンに顎先を狙われて、脳を揺らされたのだと気が付いた時には、もう何もかもが遅かった。

力が抜けた腕の中から奈緒が零《こぼ》れ落《お》ちて、モンスター達の前に曝《さら》け出《だ》される。

それを、待ってましたとばかりに周囲のモンスターが奈緒に向かって群がっていく。

「あああああああッッ‼　やめろ、やめろォ‼」

声をあげて、明は足を踏み込んだ。

「っ⁉」

瞬間、ガクリと膝が折れた。

気力だけで突き動かしてきた肉体が、とうとう限界を迎えたのだ。

「ぃ、だ、ぎ、ァアアアアアアアアアアアアアアアアアア」

地面に転がる明の目の前で、身体を食われた奈緒の悲鳴が上がった。

何度か魔法を発動したのか、奈緒の周囲に光の矢と衝撃が迸《ほとばし》る。

けれど、それも長くは続かない。

悲鳴は絶叫に変わり、やがて血に濡《ぬ》れた呼吸に変わっていく。

明の目の前で、敬愛する女性がモンスターに食われていく。

「うぁあああああああああッッ!!　やめろォォオオオオオオオオオオオオオオオ!!」

必死に、明は手を伸ばした。

地面を掻《か》いて、彼女の元へとどうにか近づこうと藻掻《もが》く。

――その瞬間だった。


七瀬奈緒のシナリオ【あなたと共に】を進行中です。

七瀬奈緒の死亡を確認しました。

固有スキル：黄泉帰り　が発動します。

終わりは、唐突だった。

奈緒の死を知らせる画面が、届かなかったその手の先に現れた。

口に出した彼女の名前を、明は最後まで言い終えることは出来なかった。

「奈――――」

まず呼吸が止まった。

ついで、激しく脈打つ心臓が動きを止める。

視界が徐々に狭まった。耳に届くモンスター達の不快な嗤《わら》い声も、鳴き声も。それらに囲まれ、二度と動くことのなくなった彼女の姿も、明の世界から消えていく。

(……あれ、は)

そうして意識が落ちるその寸前。

明は、群れの最後尾に位置するそのモンスターを見つけた。

特徴的な狼だった。

いや、正確には狼ではないのかもしれない。なにせそのモンスターは、二足の脚でしかと地面に立っていたのだ。

背中から尾にかけて伸びた黒い毛並みと、腕や足の先に生える血のように紅《あか》い爪。爛々《らんらん》と輝く瞳は禍々《まがまが》しく、地面に倒れた明を見つめてニタリと嗤うその口元からは鋭い牙が覗《のぞ》いていた。

（……そう、か）

と明は心で呟く。

（お前が）

――お前が、この群れの原因か。

その言葉さえも心の中で言い終えることが出来ないまま、一条明は、七瀬奈緒の死に引きずられて再び死亡した。

◆

因果は巡り、七瀬奈緒は再び生き返る。

「――――ッ!!」

その戦場の中心で。

あの大群の中に居た、モンスターが暴れるその目の前で。

「ひっ……」

小さな悲鳴が奈緒の口から漏れた。

傷の無い腕が、足が、身体が、その全てが。

まるで幻覚でも感じているかのように、あの痛みを忠実に再現してくる。

「い、いや…………！」

息が出来ない。

今回はまだ潰されていないはずなのに。

喉元に手を伸ばすと、ぬるりとした何かに触れた。汗だ。しかし、奈緒はそれを汗だと判断出来るほど冷静ではなかった。

「血ッ⁉　血が出てる‼」

そう思い込めば、手足が痛いのも腹が痛いのも、その身体すべてが激痛に苛《さいな》まれているのも理解することが出来た。

「嫌ッ、嫌ぁあああああああああああああッッ！」

死に瀕《ひん》した直前の記憶が呼び覚まされる。

直前で受けた恐怖が、苦痛が、あの激痛が。

決して忘れることの出来ない、自らの肉を喰らい目の前で嗤《わら》ったあのモンスター達の顔が。

一瞬にして蘇《よみがえ》るその記憶の濁流に飲まれて、奈緒の口から絶叫が溢れ出す。

「やめて……。もうやめて‼　お願いだから食べないで‼」

誰にともなく懇願し、奈緒はその場に蹲《うずくま》る。

そんな奈緒の様子に、いち早く気が付いたのは軽部だった。

「七瀬さん⁉」

軽部は、隊員と共に眼前のキラービーを手早く片付けるとまっすぐに奈緒の元へとやって来た。

「どうされたんですか⁉」

「痛い……。痛いの‼　腕が、足が……身体が痛いの‼　血が出てるッ！　喉も潰された‼」

「っ、落ち着いて！　七瀬さんは怪我なんかしていませんよ！」

「痛い、痛い痛い痛い痛い‼　嫌、もう何もかもが嫌だ。嫌なの‼」

「七瀬さん‼」

軽部は、混乱する奈緒の両肩を握り締めると大声を張り上げた。

キラービーが彼女の前に現れたのはその時だ。

細かくホバリングを繰り返すキラービーは、ゆっくりと狙いを定めるかのように奈緒の眼前でこれ見よがしに腹の毒針を構えた。

「――――」

その光景に、奈緒の中では何かが壊れた。

「あ、あ、あァ、あああああああああああああああああああああああああああああああ‼」

絶叫と共に、奈緒は手にしていた拳銃をキラービーに向けて突き出した。

「――――」

そして、奈緒は魔法を発動しようとする。

けれど、声が出ない。恐怖によって喉が引きつっていたからだ。

呼吸とも呼べない短い息を繰り返して、奈緒はパクパクと口を動かす。

そうしている間にも、キラービーはしっかりと奈緒へと向けて狙いを定めると、一気にその腹にある毒針を突き出した。

「ふッ!!」

その直前、間一髪のところで、傍にいた軽部が手にしていたナイフでキラービーの毒針を弾いた。

刃毀《はこぼ》れするナイフに軽く舌打ちを漏らしながらも、軽部はすぐに体勢を整えて全身でキラービーにぶつかって吹き飛ばすと、素早く傍に居た人へと指示を飛ばす。

「七瀬さんを早く離れた場所へ!!」

その言葉に、隊員のうちの一人が素早く奈緒を抱えて背を向けた。

それを、まるで阻むかのようにまたキラービーが狙いを定めるが、それに軽部は横から割り込んで殴りつけた。

遠く、消えていく奈緒の絶叫が軽部の脳裏にべったりと残される。

その悲痛な叫びに、軽部は眉間に深い皺を作ると息を吐いて、気持ちを切り替えた。

「…………いったい、急に何があったんだ」

その言葉に、答えられる者はこの場には存在していない。

七瀬奈緒の身に起きたことを知る人物と、この世界の軽部稔《みのる》はまだ、出会ってもいないのだから。

※

二十七度目。

一条明にとってその目覚めは、今まで以上に気分が悪いものだった。

(くそッ！　くっそォ!!　護《まも》れなかった。俺は、何も出来なかった!!)

奈緒の最期を思い出して、明は悔しさに唇を噛みしめていた。

あの時、判断を誤ったことで奈緒は死んだ。

これまでの経験からして、派手に動き回ることがよりモンスターを引き寄せることになるのは分かっていた。さらにいえば、今の明はトロフィーの影響でモンスター達のヘイトが向きやすいのだ。

それを逆手に取って、群れが迫る最初の段階で、明自身が囮となって動くことも出来たはずだ。

その結果、奈緒とは離れ離れになってしまうけど。離れ離れとなったことで、もしかすれば奈緒はやっぱり、モンスターに殺されることになるのかもしれないけれど。

それでも、少なくとも前回のような、大量のモンスターに殺されるなんて最悪の結末を迎えることは無かったはずだ。

「くっそ……」

胸いっぱいに広がる後悔の念が、激しい自己嫌悪の怒りとなって明の心を焦がしていく。

力いっぱいに握りしめた拳からは血が滲《にじ》み、真っ白なシーツを赤く汚していた。

（もう失敗しない、なんて大それたことは言わない。俺にそれが出来るとは思えない。気を付けるべきは、同じ失敗を繰り返さないことだ）

明は心で呟き、ゆっくりと息を吐いた。

過ぎたことだと、簡単には気持ちを切り替えることは出来ない。

しかし、もうすでに次が始まっているのだ。

再び繰り返した以上、まずは前回の反省を踏まえながらこれからのことを考えねばならないだろう。

「…………」

冷静になると、死の間際で見たあのモンスターを思い出した。

背中から尾にかけて黒い体毛を持つ狼だった。二本の足でしかと立つその肉体は一目で分かるほどに屈強で、かつての強敵ミノタウロスを彷彿《ほうふつ》とさせた。パッと見の風貌は狼によく似ているが、その実態はまるで違う。

人と狼。その狭間《はざま》に立つ怪物の名を、明はもうすでに知っていた。

「ウェアウルフ」

そっと、呟く。

忘れもしない相手だ。いや、忘れたくても忘れることの出来ない相手だ。なにせ一条明はすでにそのモンスターと出会い、殺されている。

「どうして、アイツがここに」

出会いは、十数回ほど前のループにまで遡る。

かつて、ミノタウロスから逃れようと躍起になっていた明は、オークが出現していた街とはまた別の、近接している隣の街へと助けを求めて逃げ込んだことがあった。

路地を進み家屋の陰に隠れて。必死に、どうにかこの世界で生き延びようと街の中を彷徨っていたその時。明はウェアウルフに出会い、殺された。

死の間際で確認した『解析』画面のレベルの高さから、その街の支配者がウェアウルフであることは確認している。

当時、確認したそのレベルがミノタウロスよりも高いレベルであったことから、もう二度とその街には行くまいと明は心に決めていた。けれどまさか、再びこのタイミングで出会うことになるなんて。

「なんで、アイツがこの街に……。アイツの縄張りは隣街のはずだ。ミノタウロスが居たこの街に出張ってきたことなんて一度もなかった」

これまで、幾度となくこの世界を繰り返してきた中で、それぞれの街に出現したモンスター達は、出現したその街の中でしか活動しないことを確認している。

この世界に出現したモンスター達は、まるでそこが自分たちの縄張りだと分かっているかのように行動し、出現したその街の境界を侵したことなど一度たりとてなかったはずだ。

（だからこそ、俺がミノタウロスを倒した今、この街は当面の安全を確保することが出来たはずだった。少なくともボス級のモンスターに全ての人間が殺される、なんて事態は避けられると思って

いた)

それが、違った。

どうやらモンスター達は、最初に出現した街だけでなく他の街へと侵入することも出来るようだ。

(――――ひとまず、この街にウェアウルフがやって来ているのは間違いない。今回はひとまず、今のアイツのレベルを確認しないと……。モンスターの強化が起きた今、アイツのレベルやステータスも、俺が前に見たものとは違っているはずだ)

ゆっくりと息を吐き出し、改めて現状を確認する。それらをもとに、今生でやるべきことを考える。

(前回遭遇した、あの大群も原因を調べなきゃな。そもそもどうして、あれだけのモンスターが一斉に動いていたんだ？　あの男が原因……ってのは考えにくいな。モンスターに追われていた表情からして、あの男も大量のモンスターに出くわしただけっぽいし)

明は、前回で聞いた声を思い出す。

ありありとした恐怖に染まったあの叫びは、自らが蒔《ま》いた種によって死に瀕した男が発するようなものでは決してなかった。

(それじゃあなんで、あれだけのモンスターが一斉に)

そこまで考えて、明はハッと息を止める。

大群に遭遇した当初、モンスター達が浮かべていた表情を思い出したからだ。

(怯《おび》えていた？　いったい何に――――……いや、そうか。ウェアウルフ！　大群の最後尾に、ウェア

ウルフが居た‼　あのモンスター達は、背後のウェアウルフから逃げようとしていたんだ‼）

ボス級のモンスターが近くなれば、その影響から逃れようと他のモンスター達が一斉に動き出すことは、ミノタウロスを相手にした時に経験している。

それが、他の街からこの街へとやってきたボスモンスター相手にも同じ現象が起きていたのだとすれば、あの大群にも説明がつく。

（ひとまず、これで大群が発生していた理由が分かった。まだ仮説の段階でしかないから調べる必要があるけど……それはまあ、これからだな）

心で呟き、明はこの人生での指針を決めた。

「ふぅ……」

思考を切り上げ、大きなため息を吐き出して天井を見上げる。

目覚めたばかりの身体は、また身動きの取れない状態へと戻っている。すでに取得している『自動再生』スキルが傷を癒し始めているが、再び動けるようになるのは十数時間後だ。

あまりにももどかしいその時間をどう過ごそうかと考えていると、ふと、視界にソレの存在が目に入った。

「………そう言えば、今回のループからはコイツも一緒だったな」

言葉は、病室の床に平然と置かれた大人の身の丈ほどにもなる巨大な戦斧に向けられていた。

まるで、初めからそこに置かれてあったかのように存在しているその戦斧は、前回で手に入れ、念のためにと『インベントリ』に登録していたミノタウロスの斧だ。

本来ならばそこにあるはずのないその斧に、明はようやく、ミノタウロスを倒して手に入れた『インベントリ』スキルのありがたみを実感した。

（『インベントリ』に登録した物が、俺と一緒に過去へ回帰するってこういうことか。当たり前のように置かれてるけど、これって本来、ここにはない物だよな？　誰かに見つかれば面倒なことになりそうだけど）

この斧が、この世界でどう扱われているのかは分からない。もしも、明が目覚めた今この瞬間からここに存在しているのであれば、確実にこの斧は騒ぎの元になるだろう。

（隠すことが出来れば良いんだけど……。いっそのこと、ループしていることを軽部さんに言った方が後々楽にはなるか？　そのあたりのことも、奈緒さんが来たら相談しよう）

そんなことを考えた明は、小さなため息を吐き出すと思考を切り替えた。

（…………そう言えば、奈緒さん遅いな。そろそろ来てもいい頃だけど。やっぱり、前回の死因が死因だから立ち直りがキツイのかな）

今はまだ姿を見せない彼女のことを思って、心で呟く。

大量のモンスターに嬲《なぶ》り殺《ごろ》しにされる死因を明はまだ経験していない。

だからと言って、その苦しみが理解出来ないわけでもない。

きっと、死に瀕するそれまでの苦痛と恐怖は一条明が経験したどの死に方よりも長く、強く感じたはずだ。そんな状況で、目を覚ました彼女が今、どんな思いをしているのかは想像に難くないことだった。

「…………」

じっと、明は彼女の来室を待ち続ける。

訪れた彼女に、まずはどんな言葉を掛けよう。

どんな言葉でなら、体験したあの恐怖を和らげることが出来るだろうか。

彼女の体験した恐怖に、苦痛に、その辛《つら》さに、どうすれば寄り添うことが出来るだろうか。

あの繰り返しの中、絶望の中で彼女に貰った勇気を、希望を、優しさを。今こそ、ほんの少しでも彼女に返すことが出来れば、と。

明は彼女を待ち続ける間、ずっとそのことばかりを考えていた。

――けれど。

いくら明が待ち続けても、彼女は現れなかった。

道連れの代償

奈緒《なお》が現れることなく、数時間が経過した。

誰も訪れることのない部屋の中には濃い西日の光が差し込み、床に置かれた戦斧《せんぷ》が鈍く朱色を反射させていた。

控えめなノックの音が響いたのは、その時だ。

「ッ、はい‼」

誰も訪れることのなかった時間に、顔を俯《うつむ》かせていた明《あきら》は慌てて声をあげた。

待ち焦がれていたその音に、頭の中では考えていた言葉がぐるぐると回る。最初、彼女に掛けるべきなのはどの言葉なのかと考える。

「失礼します」

けれど、ノックに次いで聞こえてきたのは男の声だった。

ゆっくりと開かれた扉の奥に見えたその顔に、明は表情を固めた。

部屋を訪れたのは奈緒ではなかった。この病院を守る自衛官、軽部《かるべ》稔《みのる》だった。

軽部は、床に置かれた戦斧へと感情の読めない視線を向けると、すぐに明へとその瞳を向けて、小さく頭を下げてくる。

「私、陸上自衛隊の幹部自衛官をしている軽部稔という者です。目が覚めたと聞いたので、一条《いちじょう》さんにご挨拶へと参りました」

その言葉に、明はおざなりに頷《うなず》いた。

いまだ姿を見せない彼女の安否に、知らず知らずのうちに焦りが募っていく。奈緒に何かがあったのではないかと、不安で胸がいっぱいになる。

軽部は、そんな明の心情を知ってか知らずか。これまで奈緒と共に聞いていた同じ内容を口にするとやがて小さな間を空けて、今までとは違う言葉を口にした。

「……私が、一条明という人は、我々にはない特別な力をきっと持っている。それを確信したのは、あなたが目覚める少し前のことです」

「どういう、ことですか？」

それまで適当な相槌《あいづち》を返していた明は、聞き覚えの無いその言葉に思わず聞き返した。

その言葉に、軽部の視線が動いた。視線は床に置かれた戦斧に向けられる。

「アレは、あなたの力ではないのですか？　我々が気付いた時にはもうすでに、この斧《おの》はこの病室に運ばれていました。いや、置かれていたと言ってもいい。『身体強化』を取得した、大の大人が四人集まってようやく持ち上がるかという代物です。その大きさも、成人男性の身長ほどはある。この斧を、誰にも知られることなくここまで運ぶのは、不可能と言っていいでしょう」

軽部は言葉を区切ると、感情の読めないその瞳を明へと戻した。そして、じっと。明の目を見つめると、溜《た》め込《こ》んだ言葉を吐き出す。

「これは、あなたが倒したミノタウロスの斧です。違いますか？」

その言葉に、明は小さな息を吐き出した。

(やっぱり、そうなるよな)

自衛隊がミノタウロスの死体へと『解析』していたことは、前回、前々回のループで聞いている。死体が消える前にその死体を『解析』していた自衛隊ならば、その斧が傍に落ちていたことを確認していたはずだ。

にもかかわらず、その住宅街で目にした斧がいつの間にか病室の中に存在している。その事実に、彼ら自衛隊が疑問を持たないはずがなかった。

(仕方ない、か)

こうなった以上、『黄泉帰《よみ》り』の力を隠すことは不可能だろう。

下手に誤魔化して不信感を与えるよりかは、ここで正直に打ち明けたほうがまだ、彼らの力を借りることが出来るはずだ。

明が真剣な表情となったことで、軽部もまた、何か重要なことを話そうとしていることを察したようだ。

自然と背筋を伸ばす彼を見ながら、明はゆっくりと言葉を口にする。

「俺の力、と言えばまあそうですね。確かにソレは、俺の力による影響が大きいです。…………軽部さんは、タイムループという言葉を知っていますか？」

「タイムループ、ですか。そのあたりのＳＦの話題はあまり詳しくはないですが、人並みには」

その言葉に明はひとつ頷き、軽部に語り聞かせる。

自身の持つ力を。幾度となくこの世界を繰り返していることを。その結果、あのミノタウロスを倒してここに居ることも。

ミノタウロスの斧が今、自身の傍にあることはその力による影響だということを伝えた時、軽部は「やはり」と言って大きな息を吐き出した。その表情はまるで、長年溜め込んできた疑問が解消されたかのように晴ればれとしたものだった。

「それじゃあ、あなたが今、レベル1だということも？」

「まあ、その力による影響が大きいですね」

明は軽部の言葉に頷いた。

なるほど、と軽部は小さく頷く。それから少しだけ考え込むと、明へと質問を一つ繰り出した。

「これからこの世界はどうなるのか、あなたは知っていますか？」

「…………それはまだ、俺にも分かりません。ですが、このままだといずれ、この世界が滅ぶことはまず間違いないでしょうね」

その言葉に、軽部は深いため息を吐き出した。

「ええ、ですからまずは、ボスを倒すことで世界反転率とやらの進行を抑えなきゃいけない。そしてそれが出来るのは、現時点では一条さんしかいません」

その言葉に、明は小さな頷きを返した。

それから軽部が語った内容は、以前にも聞いたものだった。

その全てを聞き終えた明は、今度は逆に、これまで気になっていたことを軽部へと問いかけることにした。

「すみません。ひとつ、教えていただきたいことがあるんですが」

「はい、何でしょうか」

「この病院に、七瀬《ななせ》奈緒という女性が居たはずです。彼女は今、どちらに居ますか？」

その言葉に、軽部は目を見開いた。

一度口を開きかけるもすぐに閉じて、やがて考え込むような表情となると、何かに気が付いたような表情となって明を見つめた。

「なぜ、彼女のことを目覚めたばかりの一条さんが知っているのかと思いましたが……。一条さんは、この世界を繰り返しているのでしたね。それなら、七瀬さんがココに居ることも知っていて当然、ですか」

呟《つぶや》き、軽部は言葉を止める。

そして、長い空白を挟むように息を止めると、やがて重たいため息とともにその言葉を口にした。

「七瀬さんは、今、眠っています」

「寝ている？」

「はい。一条さんが目覚める直前のことです。我々はキラービーを相手に戦っていたのですが、その最中に突然、七瀬さんは……声をあげて錯乱状態となってしまいました。モンスターの姿を見れば泣き叫ぶ状態でしたので、今は薬を飲んで、眠っていただきました」

「…………ッ」

その言葉に、明は声が出なかった。

ふいに、強烈な眩暈《めまい》に襲われた。

胃がぎゅっと締まる感覚と共に、キリキリとした痛みが襲ってくる。

急速に視界の色が失われていくのを感じて、音さえも遠く消え行くのを感じた。

『一条さん？』

と、音のない世界で、心配そうに明を見つめる軽部が、そう言ったような気がした。

失われた色と聴覚は、やがてゆっくりと明の元へと戻ってくる。

身体を襲っていた眩暈も胃の痛みもやがて消え去り、そして一条明の中に残されたのは、再び燃え上がった自分自身に向けた激しい怒りと、自己嫌悪だけだった。

◇

ぼんやりとした非常灯の明かりが、ベッド上で顔を俯かせた一条明の顔に色濃い影を作り出していた。

時刻は午前三時。身体は、『自動再生』によってもう動いても問題のない状態まで癒えている。

明は自らの手のひらをじっと見つめた。

幾度となく死を経験し、積み重ねたレベルアップとスキルによって、この街に出現した雑魚モンスター相手ならばどうにかなると思っていた。

自分の行動ひとつで仮に何かを間違えたとしても。死に戻り、何もかもが無かったことにされた次の世界で、同じ間違いを繰り返さなければそれでいいと。簡単に、そう思っていた。

人の心は、リセット一つで簡単には元に戻らない。

それを一番理解しているのは、自分だったはずなのに。

「っ！」

明は、唇を強く強く嚙《か》みしめる。

皮膚が切れて鉄の味が口の中に広がろうとも、それでも強く嚙みしめる。

(何が。何がッ!!　『この手が届く範囲にいる〝誰か〟の為にならば、ほんの少し頑張れば救うことが出来るかも』だ!!　俺の近くに、腕の中に居た奈緒さんさえも、俺は……守れなかった!!)

それは、ミノタウロスを倒して目覚めた一条明が決めたことの一つ。

〝ほんの少し頑張れば〟どんな困難でもどうにか出来るかもしれないと、前を向き決めた最初のこと。

「────ッ!!」

自分の弱さに反吐《へど》が出そうだった。

たったひとりの女性さえも守れなかった、弱い自分を明は到底許せそうにもなかった。

(俺はまだ、自分自身を守る力を身に付けただけに過ぎないんだ)

〝誰か〟を守るためには、力が足りない。

もっと。もっと！　レベルを上げて、ステータスを高めていかなければ。

今よりももっと、強くならなければ!!

「………奈緒さんに、会いたい」

会って、話がしたい。

失意の底にいる彼女に、いち早く寄り添いたかった。

「でも奈緒さんが今、どこに居るのかが分からない」

つい先ほど奈緒が目を覚ましたと、明は軽部から聞いた。彼女がどこの部屋で寝ているのかは分からないが、軽部のことだ。きっと、奈緒はモンスターからそう襲われない、安全な部屋に寝かされているだろう。

「軽部さんに聞けば、奈緒さんの居場所は分かる。……でも」

ちらり、と。明はスマホの画面に目を向けた。

「その前に、まずは終わらせないと」

今がどんな状況であろうと、一度経験した出来事《イベント》は根底を覆さないかぎり必ずまた起きる。

それが分かっているからこそ、明は、その叫びが聞こえるよりも前に行動に移すことにした。

ベッドから抜け出し、部屋を出る。

床に置かれた戦斧を手に持ち、全力で駆け抜けて、エントランスロビーへと辿《たど》り着《つ》く。

すると、ちょうど侵入しようとしていたところだったのだろう。ガラス扉の割れる音と共に、獰《どう》猛《もう》な獣の唸《うな》り声があたりに響き渡った。

明は、次々と侵入してくるブラックウルフへと冷たい視線を向けるとすぐに腰を落とした。

「ッ、ぁあああああッ!!」

そして、一条明は飛び掛かる。

それはまるで、前回身体を食われていた彼女の仇《かたき》を討つかのように。

あるいは、不甲斐《ふがい》ない自分自身への怒りに癇癪《かんしゃく》を起こした子供の八つ当たりのように。

前回から引き継がれた巨大な斧を手に、明は声をあげて暴れ回り始めた。

※

軽部稔は、茫然《ぼうぜん》とその戦いを眺めていた。

ブラックウルフの群れが病院内に侵入しようとしていると、哨戒《しょうかい》に当たっていた隊員から聞いたのはつい先ほどのこと。

その知らせを聞いて、すぐに院内の戦える民間人へと応援要請を出し、軽部を含む自衛隊はすぐにその現場へと駆けつけた。

そこに、あの男の姿があったのだ。

「ォオオオオ!!」

怒りとも哀《かな》しみともとれぬ声を上げる男が獰猛な狼達《おおかみたち》の中で暴れる。

風を切って振るわれるその巨大な戦斧が、狼達を一撃のもとに葬っていく。

それはまるで、かつてこの街を襲ったミノタウロスを彷彿《ほうふつ》とさせるかのように。

振るう斧の一撃はエントランスロビーの床をモンスターごと砕き、切り裂き、破壊する。

絶対的な力の暴力が、その戦場を支配する。

「なんだよ……あれ。本当に人間なのか？」

非常灯だけが唯一の光源となったその場所で、呟く誰かの声が聞こえた。

思わず零《こぼ》れた心の声だったのだろう。けれどその言葉は、今この場に集まった全員の心の声を代表しているかのようだった。

「ッ！」

軽部は奥歯を噛みしめた。

そう言いたくなる気持ちは分かるが、それはあまりにも彼に対して失礼だ。

彼は自分自身を守るためではなく、誰かを守るために戦っている。その、様々な感情が混じった顔を見れば、彼がいま誰のために戦っているのかなんてすぐに分かる。

そもそも、彼が居なければ侵入してきたブラックウルフによって甚大な被害が出ていたのだ。

命を守られている立場であるはずなのに、彼に対してそんな言い方をするのは許せなかった。

「いい加減なことを言うな‼　あの人は私たちと同じ人間だ‼　それを言ったら、今の我々だって同じだろう⁉　今の私たちはレベルやステータスの影響で、少しずつ人間離れしている。拳を振るえば電柱だってへし折れるし、人だって殺せる‼　そんな私たちが、彼と何が違うんだ⁉」

「い、いえ、そんなつもりじゃ……」

軽部の剣幕に、その言葉を口に出した男は戸惑うように黙り込んだ。

軽部は、黙り込んだ男に向けて小さく息を吐き出すと、彼らの胸中にある不安を払拭するように声を張り上げる。

「総員、戦闘態勢を維持!! 大丈夫だとは思うが、気を抜くなよ!? すり抜けてきたモンスターが居れば、我々が相手をするんだ！」

その命令に対する返事は、まばらに重なった。

※

死体が積み重なったエントランスロビーは、耳が痛くなるほどの静寂に包まれていた。

「はぁ、はぁ、はぁ、はぁ…………。ふー…………」

暴れ回る鼓動を鎮めるように、明はゆっくりと息を吐き出した。

顔についた返り血を拭っていると、自分を見つめるその視線に気が付く。

「…………」

いったい、いつからそこに居たのだろうか。

戦闘音を聞きつけて集まったのであろう多くの人々が、その瞳に隠すことのない恐怖の感情を浮かべてじっと明のことを見つめていた。

「いち、じょう……さん？」

彼らのうちの一人が口を開いた。見知った顔だ。前回では、ブラックウルフと戦い死ぬ運命を辿《たど》るはずだった自衛官だった。

「どうされました？」

「いえ」

さっと、その自衛官は視線を逸《そ》らした。

下手に会話を重ねて、機嫌を損ねないほうがいいとでも思ったのだろうか。

あからさまなその態度に、思わず明は笑った。

「大丈夫。モンスター以外に危害は加えませんよ」

言って、戦斧を拭って血糊《ちのり》を払う。

その仕草に、何人かの人達がビクリと肩を震わせたのを見て明は小さくため息を吐いた。

（そんなに怖いか……。まあ、怖いよな。ミノタウロスのいない今、この街で一番のモンスターを一撃で叩《たた》き切《き》ってたんだ。その力が、自分たちに向けられたらと思えばそうだよな）

彼らを守るために戦ったのに、その影響で恐れられるとは皮肉なものだ。

（でも、まあ仕方ないか）

どうせ、今からここを出るつもりだったのだ。

明は彼らへと向き直ると、小さく言葉を溢《こぼ》すように呟く。

「俺はここを出ます。その前に、奈緒さんに会いたい。どこに居ますか？」

「ボスを倒しに行く、ということですか？」

口を開いたのは軽部だった。

軽部は、その場に集まる彼らと違って明のことを恐れず真《ま》っ直《す》ぐに瞳を向けて問いかけてくる。

その言葉に、明は小さな頷きを返した。

「ええ。ですが、その前にやるべきことがある。確かめなくちゃいけないこともあるから……。今回、ではないでしょうが」

含みのあるその言い方に、軽部の眉がぴくりと動いたのが分かった。

今の軽部には、タイムループをしていることを告げている。その言葉の端から、明の言いたいことを察したのだろう。

「分かりました。案内しましょう」

小さく呟かれた言葉に、明は頭を下げた。


軽部に連れられて院内を移動する。

案内された場所は、東病棟の奥にある個室だった。

軽部は、その個室の前で立ち止まると明へと振り返った。

「この先です。起きてからは、錯乱状態も落ち着いていると聞いていますが……。今はまだ非常に不安定です。くれぐれも刺激を与えないようにお願いします」

「分かってます」

明は小さく頷いた。

案内された個室の扉の前に立つと、明は数回、深呼吸を繰り返した。

「…………」

心音が速くなるのが分かる。緊張しているのだ。これから、自分のせいで命を落とした彼女に会うことに。

「すぅ……はぁ……。よし」

斧を壁に立て掛けて、気合を入れるように呟くと扉をノックした。

「…………」

返事は無かった。

しかし扉の中の物音が、中の人物がそのノックに反応したことを教えてくれる。

明は息を吐いて意を決すると、ゆっくりとその扉の取っ手へと手を掛けて、開く。

まず目に飛び込んできたのは、明の過ごす病室と同じ作りをした部屋の構造だった。

扉の正面にあるカーテンは開かれていて、夜空に浮かぶ半分に切り取られた月が窓の外には見えた。

そんな薄暗い部屋の中で、ベッド上で膝を抱えて座り込んだ奈緒の姿を明は見つけた。

「奈緒さん」

小さく、明は声を掛ける。

やはりと言うべきか、返事はない。

声は確実に彼女に届いているはずなのに、彼女との間には大きな距離が開いているかのように。

彼女は、その表情と体勢を変えることがなかった。

「奈緒さん」

もう一度、明は彼女の名前を呼んだ。

そこで、ようやく気がついたようだ。

奈緒は瞳を動かすと、緩慢な動作で顔を持ち上げた。

「………………ああ一条か。すまない、扉を閉めてくれ。今は、その方が安心するんだ」

その言葉に、明は軽部へと目配せをする。

その視線に軽部は小さくお辞儀をすると、扉を閉めて姿を消した。

明は、ゆっくりと奈緒の元へと近づき、ベッドへと腰かけた。

それから、じっと、手元へと視線を落とす。

彼女に掛けるべき言葉が次々と頭の中に浮かんでは消えていく。

喉元にまでせり上がる言葉は形にならず、彼女の表情を見つめてはまた手元へと視線を落として、幾度となく吐き出された小さなため息だけが、小さな部屋の中を満たしていった。

そうして、互いが無言となって数分。

部屋の中に満たされたため息で空気が重たくなったのを感じながらも、明がどうしようかと考えあぐねていると、ふいに奈緒が口を開いた。

「お前は、凄《すご》いよ」

それは、小さく零れ出た言葉だった。

奈緒はじっと何もない空間を見つめて、ぽつぽつと言葉を漏らす。

「これまで、何度も死んで、また立ち上がって。どんなに痛くても苦しくても、また次に向けて動き出している。…………お前は強いよ」

「違います。俺は、強くなんかない。俺だってこの世界から逃げ出した。もう無理だと、何もかもを諦めた。でも、そんな時に奈緒さんが居たから俺は今、ここに居る。奈緒さんがあの時、俺を支えてくれると言ってくれたから、俺は立ち上がることが出来たんだ」

「私が？」

小さく、奈緒が唇を歪《ゆが》めた。

「そんなの、知らないな」

次いで、奈緒はため息と共にその言葉を吐き出した。

知らないのは当たり前だ。

だって、その言葉を掛けてくれたのは、今の奈緒ではないのだから。

「でも、それは確かなことです」

「だったら、その私は何も知らなかったんだ。人は本当に、あっけなく死んでしまうってことを。この世界で生きることが、どれだけ大変なのかを。ただ立ち上がるってことが、どれだけ苦しいことなのかを。……その私は知らなかった。だから、無責任にもお前にそんなことを言ったんだ」

言って、奈緒は口を噤《つぐ》んだ。

それから、ゆっくりと頭を振ると顔を覆うようにして呟く。

「すまん。こんなことを、お前に言うつもりは無かった。お前が私の言葉で救われたって知っていたのに……。こんなことを、言うつもりじゃなかったんだ。すまない…………。本当に、すまない……」

それはまるで、その場から消えてしまいそうなほど小さな声だった。

奈緒は、じっと俯いたまま身動きをしなくなる。

その姿を見つめて、明は唇を固く噛みしめた。

膝を抱えて俯くその姿は、抱きしめればあっという間に折れてしまいそうなほど細かった。普段、傍に居たからこそ忘れていたその肩の華奢《きゃしゃ》さが、非常灯に照らされたこの部屋の中ではなおさら際立っていた。

「奈緒さん」

明は彼女の名前を呼んだ。

「謝るのは俺のほうです。俺が、もっとちゃんとしていれば……。あの時、俺がもっとしっかりしていれば!!　奈緒さんを、あんな目に遭わせることはなかった」

「違う、それは違うよ一条」

奈緒は顔を俯かせたままゆるやかに頭を振った。

「あの出来事は、お前の失敗じゃない。押し寄せるモンスターの大群を恐れて、身動き出来なくなった私が悪いんだ」

呟き、奈緒は自らの左腕を摑《つか》むその手に力を込める。

「目の前に迫って来るブラックウルフの大群を見て、あの時、前回に殺されたことを思い出したんだ。あの痛みをあの恐怖を、一瞬にして思い出した。立ち直れたと思っていたけど、立ち直れてすらもいなかった。結果として、お前の足を引っ張った。私が死んだのは自分のせいだよ」

奈緒はそう言って、言葉を区切ると明へと視線を向ける。

「一条」

小さく、名前を呼んで。

「ごめんな」

彼女は、見ているこっちが泣きたくなるほどに悲しい顔で、そう言って涙を流して笑った。

「私はもう、お前の役に立てそうにない。……前回死んで、また生き返って。目の当たりにしたキラービーに向けて、魔法を使おうとしたんだ。でも、出来なかった。声が、出なかったんだ」

ぎゅっと、奈緒は自らの身体を抱きしめる。

震える身体を押さえつけるようにしながら、奈緒は言葉を紡いでいく。

「モンスターの姿を見ると、前回のことがフラッシュバックするんだ。あの痛みが、あの恐怖が、あの苦しみが、どうしても蘇《よみがえ》ってしまう。あるはずのない傷が疼《うず》くように痛むんだ‼　……そして、どうしても考えてしまう。また、私はあんな風に死ぬんじゃないかって」

「…………奈緒さん」

「怖いんだ。もう、怖いんだよ。モンスターが怖い。死ぬのが怖い。それを全て覚えているのが怖い。この世界の何もかもが、どうしようもなく、恐ろしくてしょうがない」

呟かれるその言葉に、明はそれまで以上にぎゅっと唇を噛みしめて、瞼《まぶた》を閉じる。

彼女の恐怖がありありと伝わって来た。

彼女の心が、もう立ち直れないほどにボロボロに折れていると知った。

――――だから、一条明は。

七瀬奈緒のために、いち早くこの繰り返しを終えようと改めて強く、そう思った。

死ぬのはもう、自分だけでいい。

彼女にはもう二度と、死を体験してもらう訳にはいかない。

これは元々、一条明という男に与えられた力なのだ。

これ以上、彼女をその力で振り回すわけにはいかない。

「ふぅー……」

ゆっくりと息を吐き出す。

そして、固く拳を握り締めると奈緒に向けてその視線を投げかけた。

「奈緒さん。これから俺は、あなたにとって嫌な光景を二回、いや三回。もしかすれば、それよりももっと、多く見せなきゃいけないのかもしれない。そして、それが終われば俺と共にまた、街に出てもらう。それがどんなに嫌でも、俺は引きずってでもあなたを連れて行かなきゃならない。そうしないと、この〝シナリオ〟は終わらないからだ」

固く、固く拳を握り締めて。明は、奈緒に向けて言う。

その言葉がどれほど彼女にとって酷なのかを知っていながらも。そうしなければならないと分かっているからこそ、明はその言葉を吐き出していく。

「これから先、死ぬのはもう俺だけでいい。奈緒さんはここで、待っているだけでいい。ただ、死に戻った先でまた、モンスターを目にするのだけは…………すみません。我慢してください」

奈緒は、その言葉をただ黙って聞き続けた。

そして、明の言葉が終わると、長い沈黙を経て、問いかける。

「どうして、お前は諦めないんだ？」

その言葉に、明は小さく笑った。

「やる前から諦めない。そう、教えてくれた人が居るからですよ」

聞き覚えがある言葉だったのだろう。奈緒は小さく目を見開いた。

けれどすぐに目を伏せると、感情の読めない表情となってただ一言。

「そう、か」

と、小さく呟いただけだった。


奈緒と別れた明は、軽部に挨拶を済ませると、一つ道具を貸して欲しいとお願いした。

「双眼鏡、ですか」

軽部は、明の申し出に目を瞬《まばた》かせた。

まさか、奈緒との会話の後にそんなことを頼まれるとは思ってもいなかったのだろう。

けれど、その表情を浮かべていたのも束《つか》の間《ま》のことで、軽部は明の願いを了承するように首を縦に振る。

「分かりました、準備しましょう」

「すみません、ありがとうございます」

小さく頭を下げて、お礼を口にする。

「すぐに戻ります」と言って、軽部はその場を離れた。その後ろ姿を見送ってから、明は小さく息を吐き出し自らのステータス画面を表示させる。

一条　明　25歳　男　LV１（39）
体力：66（＋１ＵＰ）　筋力：１６６（＋１ＵＰ）　耐久：１３５（＋１ＵＰ）
速度：１５０（＋１ＵＰ）　魔力：20【21】（＋１ＵＰ）　幸運：40（＋１ＵＰ）

ポイント：１

固有スキル
・黄泉帰り

システム拡張スキル

・インベントリ
・シナリオ

スキル
・身体強化ＬＶ３
・解析ＬＶ１
・魔力回路ＬＶ１
・魔力回復ＬＶ１
・自動再生ＬＶ１
・疾走ＬＶ１
・第六感ＬＶ１

ダメージボーナス
・ゴブリン種族　＋３％
・狼種族　＋10％
・植物系モンスター　＋３％
・獣系モンスター　＋５％

先ほどのブラックウルフとの戦いを得て、レベルがまた1つ上がった。

ポイントは1つあるが、それを体力や筋力といったステータス数値に換えるのかどうかが悩みどころだ。

（ん？　前回、『疾走』を使ったから現在の魔力値は最大値よりも2つ減ってると思ってたけど……。1つしか減ってない？　もしかしてどこかで回復していたのか？）

取得している『魔力回復』スキルの、回復速度はいまだに分かっていない。

けれど、これまで経験した時間の経過を考えるに、おそらくだが魔力値を1つ回復するのにかかる時間は二十四時間前後のようだ。

（『魔力回復』ＬＶ1で二十四時間か……。長いな。そのあたりも、スキルのレベルをあげてどうにかしていかないと）

そんなことを考えてため息を吐き出していると、軽部が戻って来た。

「一条さん、お待たせしました」

明は目の前に表示していた画面を消すと、軽部に振り返る。その視線は、すぐに軽部が手に持っていた物に向けられた。

黒い双眼鏡だった。ホームセンターなどで見かけるものよりも一回りほど大きく、強化プラスチックの鏡胴部分は見ただけで耐久性に優れたものだと分かる。

「倍率は六倍まで上げることが出来ます。覗《のぞ》き込《こ》むとレチクルと呼ばれるメモリがありますが……。使い方は分かりますか？」

「レチクル？　ああ、これのことですか」

明は軽部から受け取った双眼鏡を覗き込み、納得の声を出した。

「これの使い方は分からないですけど、まあ、今は倍率を上げることが出来ればいいので大丈夫です。ありがとうございます」

双眼鏡から目を離して、軽部に頭を下げる。

そんな明を、軽部は静かに見つめるとそっと問いかけるように言った。

「その双眼鏡を使って、何をするつもりですか？」

「何をするって、そりゃあもちろん」

明は、その言葉に呟く。

出掛ける準備を整えるように、前回から引き継いだ斧を肩に担ぐと小さく笑って、答えた。

「狼殺しの下準備ですよ」

効率的な命の使い方

病院を後にして、ぼんやりと月明りが照らす夜の街を歩きながら、明《あきら》はこれからのことについて考える。

奈緒《なお》があの状態である以上、無駄な死に戻りは出来ない。無駄に死に戻れば、それだけ彼女は戦場の中心で目を覚まし、その度にトラウマを刺激されることになる。

彼女の心に負担を掛けないことを考えれば、数少ない死に戻りでいずれかのボスを攻略する必要があった。

(今はちょうど、ウェアウルフがこの街に侵入してきている。アイツを放置すれば、どんな被害が出るか分からないし、ボスの討伐はウェアウルフでいいな。そのために、まずはウェアウルフの情報を集めないと)

しかしどうして、ウェアウルフがこの街に足を踏み入れているのかが分からない。ウェアウルフは本来、隣街が縄張りだったはずだ。

(……俺が、ミノタウロスを殺したからか?)

思い当たる原因があるとすれば、それしかないだろう。

ミノタウロスを殺したことで、この街を支配していたボスの座は空《あ》いた。この街に支配者がいないのであれば、他の街を支配しているボスが攻め入ってきていると考えられなくもない。

（要は、戦国シミュレーションゲームみたいなものか？　この世界にある街が領地で、領地を支配する大名がボスで。ボスが死ねば領地拡大を狙う他のボスが街にやってきたり、来なかったり）

もしも仮にそうだとして、そこに違いがあるとすればアイツ《モンスター》らは街に住まう人間のことを食料としか見ていないことだ。

戦国時代の大名は領地に住まう民を守ってくれていたらしいが、ボスモンスターは人類のことなんて護《まも》っちゃくれない。むしろ、喜々として自らの領民を全滅させに襲い掛かって来る畜生どもだ。

（モンスターにはモンスターの縄張りがあって、モンスター達《たち》の間でも勢力争いをしているって感じなのかな。……まあ確かに、支配する街が広ければ広いほど、食料には困らないだろうけど）

そんなことを考えて、明はため息をひとつ吐き出すと思考を切り替えた。

「何にせよ、まずはウェアウルフの姿を拝まないとな」

呟《つぶや》き、夜の街を駆けていく。

隣街から侵入してきていることはハッキリとしているが、その侵入経路は不明だ。こと現代日本において、街から街へと繋《つな》がる道は数が多い。

その一つ一つを調べていればキリがない。まず不可能といってもいいだろう。

けれど、相手はウェアウルフ。ボスモンスターだ。

別の街からこの街へ足を踏み入れるとなれば、人間以上に反応する生き物がこの街には存在している。

「────見つけた」

定期的に雑居ビルの屋上へと向かい、通りを双眼鏡で見つめていた明は言葉を吐き出した。

明の視線の先。そこには、何かから逃げるように通りを駆けていくゴブリンやボアの姿があった。

怯《おび》えた表情で、ときおり背後を確認している様子は、前回遭遇したモンスター達とよく似ている。

「あっちの方角からか」

ミノタウロスとの戦闘を繰り返した住宅地とはまた別の住宅地が広がる場所だ。ちょうど、商店街を挟んだ奥にある。

ビルを駆け降りて、すぐにその方角へと向かう。

途中、いくつものモンスターの群れに遭遇したがそれを全て片付けた。どうやら、トロフィーによるヘイト上昇の効果は、ボスモンスターの恐怖を上回る強制力があるらしい。

「大人しく逃げてろって！」

遭遇した途端に目の色を変えて襲って来るグレイウルフ達に、明は両手に持つ戦斧《せんぷ》を振り抜いた。

あっという間に屍《しかばね》に変わるグレイウルフを踏み越えて、さらに奥へと足を踏み入れる。

住宅地へと足を踏み入れて、なおも戦闘を重ねながらも歩を進めていると、次第にモンスターの数が減り始めた。

（そろそろ、か）

細く息を吐いた。

身に覚えがある光景だ。

生き物という生き物が全て死に絶えたような、静謐《せいひつ》とはまた違う静けさが支配した世界。

空気に含まれる異様とも言える殺気の重圧が、知らず知らずのうちに明の皮膚を粟立《あわだ》たせていた。

(あとは、どのあたりにウェアウルフが居るのかだけど)

住宅地ともなれば死角が多い。

今回の目的はウェアウルフとの戦闘ではなく、あくまでも今のウェアウルフの強さを測るための偵察であるため、姿を確認することが出来ればそれでいい。物陰からいきなり襲われることだけは避けたかった。

「……ちょうどいい。あれに上るか」

立ち並ぶ住宅の中でひと際高い建物を見つけた。三階建ての賃貸アパートだ。三階部分のベランダが、軒先よりも前に出ている。手すり部分から跳躍し軒先に摑《つか》まることが出来れば、力任せに屋上へと上がることが出来そうだった。

「よし」

素早く、明は駆けこむようにアパートの中へと滑り込んだ。

すぐさま三階にまで駆け上がって、手身近な部屋の扉を蹴り破り、中へと侵入する。

部屋はもぬけの殻だった。モンスターの出現と共に、ここの住人は慌てて出て行ったのだろう。

つい先ほどまでそこに居たかのような生活感の中に、床に散らばった衣服や持ち歩き用の大小のバッグが散乱し、さらにはきちんと閉め切られていない冷蔵庫に残った半ば腐敗しはじめた食材の匂いが鼻を刺激した。

明は、その部屋の中へと侵入するとすぐにベランダへと向かった。

頭上を見上げて、屋上までの距離を目測する。

思った通り、さほど高さがあるようには思えない。今のステータスなら、跳躍一つで届く距離だった。

「フッ、ん……！」

両足に力を込めて、跳ぶ。

屋上の縁に指が掛かると一気に力を込めて、指の力だけで身体《からだ》を持ち上げて這《は》い上《あ》がる。

「っと」

取り落としそうになった戦斧を慌てて摑み直した。

戦斧の重さに引きずられて、筋がビキリと音を立てた気がしたが、すぐに『自動再生』が痛みを癒《いや》してくれる。

「ふー……。さて、と」

呟き、明は落とさないように懐に仕舞い込んでいた双眼鏡を取り出して、あたりを見渡した。

小さな路地。住宅地の間を通る車道。そして放置された車が並ぶ駐車場。

その一つひとつを見逃さぬように、ボスの姿を探す。

そうして、いくつかの路地へと目を向けた時だ。

（――――見つけた）

そのモンスターは、狭い路地を悠然と歩いていた。

ときおり、ひくひくと鼻を鳴らしているのを見るに、近くに人の気配を感じてはいるのだろう。

キョロキョロと動く瞳が、住宅の物陰へと向けられている。

（ここに来るまで、モンスターと戦っていて良かった。モンスターの返り血を浴びてるからか、アイツが俺に気付く様子がない）

けれど、それもおそらく一時的なものだ。

こうして身を潜めることが出来るのも、そう長くはないはず。

（さっさと済ませよう）

心の中で呟き、明はさっそく『解析』を使用した。

ウェアウルフ　ＬＶ93
体力：２３７　筋力：２１３　耐久：２５７
速度：４１２　魔力：70　幸運：51

個体情報：レベル不足のため表示出来ません

所持スキル：レベル不足のため表示出来ません

「相変わらずクソだな」

眼前に表示された『解析』画面に、思わず明は舌打ちを漏らした。

分かっていたことだが、強化されたウェアウルフのステータスがあまりにも高い。ミノタウロスのような筋力値ではないが、速度値がずば抜けている。

（幸いなのは、速度が高いってことだけだな。それ以外のステータスは、まだ対応できる範囲だ）

動きが素早いのは厄介だが、機動力さえ奪ってしまえばまだ、どうにかすることが出来るだろう。

「よし」

呟き、明はアパートの屋上からまたベランダへと降り立った。

出来るだけ静かにアパートを後にして、ウェアウルフとは反対の方角へと足を向ける。

この人生を使って、やるべきことはもうすでに決まっていた。

※

ずっと気になっていたことがある。

ミノタウロスに挑むため、何度も繰り返し行っていたあの日々の中で、ミノタウロス以外のモンスターを相手に、どうしてクエストが発生しなくなってしまったのか。

（あの時は、ただ単純に〝わざと〟負ければクエストは発生しないんだと、そう思ってた）

だから、グレイウルフを相手に何もせず殺されたあの時、クエストは発生しなかった。

クエストの発生条件は、戦闘で負けた《死んだ》場合にのみ発生するものだと、自分の意思で死を選べば発生しないものだと、そう思っていた。

（でも、それが間違っていたとしたら？　このクエストが前回殺された相手にのみ発生するものだとしたら？）

　ミノタウロスを討伐し、あの無限に続くかと思われたループから抜け出して、冷静になってようやく気が付いた。

　この身に与えられたクエストが〝わざと〟負けた相手には発生しないものだとしたら、あの時、二度目となるミノタウロスとの遭遇でクエスト画面が表示されるはずがないのだ。

　――だってこの世界ではじめてミノタウロスに殺されたあの時、俺はそもそも、ミノタウロス相手に戦ってすらいないのだから。

（あの時、俺は戦っちゃいない。戦おうとすらも思っちゃいない。ただただ逃げることに必死で、アイツと戦おうだなんて微塵《みじん》も考えなかった。俺が、アイツに立ち向かおうと決めたのは、奈緒さんに言われたあの瞬間からだ。――戦う意思がクエスト発生に関わるなら、ミノタウロスのクエストなんて、初めから発生しているはずがない）

　ゆえに、ここからは仮説になる。

もしも、クエストの発生条件が戦闘とは関係のないものだったとしたら？

※

斧《おの》を携えて、明はウェアウルフとは反対の方向へとまず逃げて、十分な距離を取った。

もしも気付かれていれば、まず間違いなく殺されていただろうが、双眼鏡を用いて遠目からその姿を確認したことが功を奏したのだろう。

無事、明はウェアウルフが現れたその場所から逃げ延びることが出来ていた。

「ここからだな」

ウェアウルフが追ってこないことを確認して、明は小さく呟いた。

ひとまず、今生においてやるべきこととして立てていた目標は一つ終えた。

次にやるべきことは、前回遭遇したモンスターの大群の原因を調べることだったが、それもすぐに終わった。

仮説は正しかった。

あの大群は、やはりと言うべきかウェアウルフから逃げるモンスター達が一つに固まって起きていたのだ。

街に侵入してきたウェアウルフから逃れようと、街の至る所では逃げ惑うモンスター達で溢《あふ》れていた。どのモンスターも逃げる方向は同じで、侵入してきたウェアウルフの反対だ。

それが、時間が経《た》つにつれて大きな塊となって街の中を横断するように移動していくのを、明は離れた雑居ビルの屋上から双眼鏡を使って確認した。

(これではっきりした。奈緒さんの死因になったあの大群。直接的にはあのモンスター達が原因だけど、間接的にはあのウェアウルフが原因だ。ううん、もっとはっきりと言えば、ウェアウルフ《アイツ》がこの街にやってこなければ、奈緒さんはあんな目に遭わずにすんだ)

このまま、アイツを無視するわけにはいかない。

アイツを放置すれば、何が起こるか分からない。

(クッソ……!　ひとまず、今はアイツの対応は後回しだ。とにかく、今は出来ることを終わらせないと)

舌打ちを漏らして、明は双眼鏡を懐に仕舞った。

雑居ビルの屋上を後にして、モンスターの大群が向かう方向から大きく離れるようにして迂回《うかい》する。

物陰から物陰へ。時には家屋の屋根や雑居ビルの屋上へと上って、双眼鏡を用いてあたりの安全を確認する。群れに見つかれば最後、あっという間に数百のモンスターに囲まれる可能性があるため、街中での移動は慎重にならざるを得なかった。

そうして、通常の倍以上の時間をかけて街中を横断してからようやく、明は目的の街へと辿《たど》り着《つ》いた。

「ここまでくれば、ひとまず大丈夫だろ」

明が足を踏み入れた場所。そこはオークが出現した街だった。

街の様子はどこも悲惨だ。ヒビ割れた舗装路や折れた電柱、穴の空いた家屋や破壊された車両などの傍には決まって、時間が経って赤黒く変色した血だまりの跡が出来ている。

それらを横目に、明は周囲を警戒する様子もなく街中を進んで、ようやく、目的となるモンスターを発見した。

住宅街の中に建つ一軒家。

その家屋を荒し、半ば倒壊させて、そこに隠れていた食料を貪り喰《く》らうその二匹のモンスターは間違いない。オークだ。

よほど腹が減っているのか、互いに奪い合うようにして口元を真っ赤に汚すその姿は、いくらこの世界を繰り返そうが見ていて気持ちの良《い》いものではなかった。

明は眉間に深い皺《しわ》を刻み込むと、ヒクつく胃を抑え込むようにゆっくりと息を吐き出した。

（さっさと済ませよう。こいつらの強化後のレベルはどうだ？）

心で呟き、明は解析を発動させる。

オーク　ＬＶ59
体力：１３１　筋力：１５７　耐久：１７４

速度：１４７　魔力：50　幸運：40

個体情報：レベル不足のため表示出来ません

所持スキル：レベル不足のため表示出来ません

（予想通りだ。レベルも、総合的なステータスも。全部、俺、、、、よりも強い）

明は、オークのステータスを見て口元を綻ばせた。

（今まで、クエストが発生したのは二回。ゴブリン、ミノタウロス。そいつらは、クエストが発生した当初、俺よりもレベルが高く強敵だった相手だ）

もしも。もしもの話だ。

この、クエストが発生する条件が負けた強敵に再会した場合だったとしたら？

そうであれば、あの時。グレイウルフを相手にわざと死んで、クエストが発生しなかったことにも納得がいく。

（今にして思えば、クエストが発生したタイミングはいつも俺よりもレベルが高いモンスターに殺された時だった。このクエストは、自分よりレベルが下の相手には発生しない。だからあの時点でもうすでに、グレイウルフよりもレベルが高かった俺は、クエスト発生の条件を満たせなかったんだ。……でも、これだけのレベル差があるオークなら、今の俺でもきっと――――)

ゆっくりと息を吐く。

暴れ回る心臓を押さえるように胸に手を押し当て、深呼吸を繰り返す。

これからやろうとしていることを、奈緒に知られるわけにはいかない。

この行動を知られればきっと、彼女は一条《いちじょう》明という人間を許さない。

それがどんなに効率的なことだと説明しても、彼女は納得しない。それが、彼女自身のためだと知ればなおさらだろう。

(でも、やるしかない。それが一番、このループを抜け出すのに手っ取り早いんだ)

生唾を飲み込み、明は前を向いた。

隠れていた物陰から姿を現し、大きく息を吸い込む。

「おい、豚ども!!」

張り上げた声にオークたちの手がピタリと止まった。

視線が合う。まさか自分たちにわざわざ声を掛けてくる人間が居るとは思わなかったのか、オークたちは明の姿を見つけるとキョトンとした顔になった。

すぐにその顔が醜悪な笑みに歪《ゆが》む。新たな食料を見つけ、吊《つ》り上《あ》げた口の端からボタボタと血や内臓が零《こぼ》れ落《お》ちていく。

「ぐぐあぐああ、ぶもおお」

何を言われたのかは分からなかった。だが、好意的な言葉ではなかったことはすぐに分かった。

一匹のオークが口にしたその言葉に、仲間のオークがゲラゲラとした笑みを浮かべる。

「ぐぐああ!!」

オークはさらに何かを言った。

だが、やはりと言うべきかその言葉は分からない。

だから明は、小さく鼻を鳴らして侮蔑の笑みを浮かべると、オークを睨《にら》み付《つ》けた。

「あいにくだけど、俺は豚の言葉が分かんねぇんだよ」

きっと、明の吐き出した言葉の意味はオークたちには伝わらなかったはずだ。

けれど、馬鹿にされたことは伝わったのだろう。オークたちは空に響くような怒りの声を上げると、その手に持つ鉄剣を振り上げた。

「ブォオオオオオオ!!」

鉄剣が闇に煌《きら》めく。オークの剛腕に空気が裂かれて、ブォンとした重たい音が耳に届いた。

「…………ッ」

回避はしなかった。いや、する必要がなかったと言ったほうが正しいのかもしれない。

――今の自分とレベル差のあるモンスターに殺される。

それこそがまさに、明の考えていたクエストを発生させるために必要な条件だったからだ。

「ッ、ァ!!」

オークの鉄剣は、無防備に晒《さら》された明の腹部を切り裂いた。

一瞬にして激痛が全身を駆け抜け、視界が歪む。喉の奥から鉄の味がせり上がってきて、口の中いっぱいに広がっていく。

だが、一撃で死ぬことはない。

以前とは違って、強靱《きょうじん》な肉体となったその身体は骨を切断されるまでには至らず、肉を裂かれるまでに止《とど》まっている。

加えて、自動再生を取得していることが影響しているのだろう。普通ならば身動きすることも出来ないはずのその攻撃を受けてもなお、明は口元に笑みを浮かべる余裕すらあった。

(あァ……。いってェなぁ畜生……。身体強化のレベルを上げたのは失敗だったな。これじゃあ、死にたい時にすぐ死ぬことも出来ない)

一撃で死ぬこと。それが、どれだけ幸せなことだったかに明は今さらながらに気が付いた。

しかしそう思ったところでもう、どうすることもできない。クエストを発生させるには、この痛みに耐えて死が訪れるのを待つ他に方法はないのだ。

「……っ、……ッ。……ッッ!!」

明は反撃せず、ただただその場に立ち続ける。

腹を斬られ、腕を落とされ、殴られ、蹴られ、身体を突き刺され壊されようとも。

その激痛に耐えながらじっと、その時が来るのを待ち続ける。

「ブォオオオオオオォオオオオ!!」

いつまでも死なない明に、オークが躍起になったかのように怒りの声をあげた。

明の頭を掴み持ち上げると、その手に持つ鉄剣を首元へと突き付ける。

（……すみません、奈緒さん）

明は喉元に突き付けられた切っ先を見つめながら、心の中で奈緒に向けて謝罪の言葉を口にした。

（これから俺が行うループは、きっと、あなたにとって最悪な記憶になるはずだ。だから、なるべく早く終わらせます。終わらせるから、どうか……。ほんの少しの間だけ、耐えてください）

そして、一条明は。

オークが手にした鉄剣によって喉を貫かれて、二十七回目となるその命を終えた。

◆

二十八度目。

目を覚ました明は、既知のイベントをすべて終わらせるとすぐに病院を後にした。

奈緒には会わなかった。

いや、会えなかったといった方が正しいのかもしれない。

どうしようも無いこととはいえ、明が死に戻ったことで奈緒も再びループした。ループしたことで、引きこもっていた部屋から強制的に戦場へと引っ張り出されてしまった。

それが、彼女のトラウマを刺激する原因になることが分かっていた。

彼女にとって辛《つら》いことをしていると自覚があったからこそ、明は奈緒に合わせる顔がなかったのだ。
インベントリによって引き継いだ戦斧を手にして、明は街中を進む。
まっすぐに隣街へと足を進めて、明は単独で行動するそのモンスターと遭遇した。

前回、敗北したモンスターです。
クエストが発生します。

D級クエスト：オーク　が開始されます。
クエストクリア条件は、オークの撃破です。

オーク撃破数　0／50

「どうにか、上手《うま》くいったみたいだ」

表示された画面に、明は息を吐き出した。

確信がなかっただけに、半ば賭けに近い行動だった。これでクエストが発生しなければ地道にレベルを上げてポイントを稼ごうと思っていただけに、そのステップを省けたのはわりと嬉《うれ》しい。

(しっかし……。レベルが上の相手にしかクエストが発生しないって、なかなかキツイな)

心で言って、画面を見つめる。

レベル差のあるモンスターを相手にするとなると、まず倒すまでが大変だ。下手をすれば、クエスト中に死ぬことだってあり得る。

(まあ、報酬があることを考えれば、そういうものなのか？　レベルが下の――格下相手に報酬があるってのも変な話だしな)

ひとまずクエストが発生して良かった。

そう考えると、明はクエスト画面を消した。

「発生したクエストはD級。C級のミノタウロスをクリアした時に貰《もら》ったポイントが50だったから、D級ならそれ以下だろうな。……まあ、いい。それでも十分だ」

戦斧を構えながら呟く。

そうして、敵意を向けてくるオークへとその視線を向けると、静かに全身へと力を溜《た》めた。

一気にその力を解放するように足を踏み出す。

「ッ、らァ!!」

地面を滑るように駆け抜けて、眼前に迫ると同時に戦斧を振るった。

振るわれる戦斧に対して、オークが鼻息を吐き出した。冷静な瞳で明の斧の軌道を見つめると、その手に持つ鉄剣を振るう。

甲高い音とともにぶつかる二つの刃から激しく火花が散った。

「っ」

思わず、明は目を見開いた。

まさか、今の一撃を受け止められるとは思ってもいなかったからだ。

けれど、その驚きもすぐに笑みに変わる。

「っ、はは！　いいね、ミノタウロスの斧でも十分だけど、その剣も強いな。ぜひ、サブの武器用に欲しいところ、だ!!」

叫び、明は地面を蹴ってその場を離れると、再びオークに向けて突撃する。

オークも、駆けてくる明に狙いを定めて手にした鉄剣を振るうが、明の方が僅かに速い。

明は、眼前に迫る鉄剣をすんでのところでステップを踏んでくるりと躱《かわ》す。その勢いと遠心力を乗せたまま、明は手にした戦斧を横から薙《な》ぎ払《はら》う。

「おおッ！」

叫び、振るわれた刃はオークの身体を切り裂いた。

「ゴァッ!?」

オークが悲鳴をあげて、痛みで身体を仰《の》け反《ぞ》らせる。

その隙を逃すことなく、すぐに追撃。明は全身のバネを使い地面を蹴って跳び上がると、その頭上から踵《かかと》を落とした。

「グっ」

衝撃と痛みに、オークの身体が揺れる。ほんの数瞬だが、そこに確実な隙が生まれた。

「トドメッ！」

地面に着地した明は叫び、すぐにもう一度斧を振るおうと腕に力を込める。

「ブォオオオ‼」

けれど、その行動は僅かに遅かった。

衝撃から立ち直ったオークが叫ぶような声をあげて、手にした鉄剣をむやみやたらに振り回したのだ。

「あっ、ぶね！」

頬を掠《かす》めた刃の切っ先に、ドキリと心臓が跳ねた。

慌てて後ろへと跳び退《すさ》り、その攻撃の範囲から逃れると大きく息を吐く。

「チッ、くそ……。やっぱり、簡単には倒せないか」

掠めた頬から流れる血を拭い、明は呟いた。

こうして、ボス以外のモンスターを相手に苦戦するのも久々だ。

今まで相手にしていたモンスターが、どれだけ弱い相手だったのかが実感できる。

「ふー………」

気持ちを切り替えるように。明は、頭の中でミノタウロスとの戦いを思い出す。

あの時の動きを、あの時の集中を、あの時の感情を。

その全てを改めて引き出すように、明は自らの記憶を想起する。

「ボスでも何でもねぇ、ただの雑魚でしかないお前にこれ以上殺されるわけにはいかない。俺が死ねば、それが重荷になる人がいる。この世界を繰り返せば繰り返すだけ、あの人は心を壊していく！　……今の俺は、もう無駄に死ぬわけにはいかねェんだよ!!」

叫び、明は地面を蹴って駆けた。

音を立てて暴れていた鼓動は、いつの間にか落ち着いていた。

モンスターとの戦闘へと本格的に切り替わった思考が、神経をどこまでも研ぎ澄ませていく。

広がる明の視界がオークの動きを捉えた。

どうやら鉄剣を急所へと叩《たた》き込《こ》むつもりらしい。構えた鉄剣の切っ先は、地面を駆ける明の喉元へとまっすぐに狙い定められていた。

（こいつの速度と、今の俺の速度はほぼ同じ。『疾走』を使えば問題なく片付けられるだろうが、あれは奥の手だ。『疾走』は使えば使うだけ、効果は薄くなる。肝心の魔力値だってすぐには回復しない。これから五十匹もオークを相手にしなくちゃいけないのに、一匹一匹に『疾走』を使っていればあっという間に魔力が枯渇する）

とはいえ、考えもなく斬りかかれば反撃を受けるのは必須だ。

これからクエストを終わらせることを考えれば、無駄にダメージを負うのだけはどうしても避けたかった。

（と、なると……。アレをするか）

方法は決まった。

明は両足に再度力を溜《た》め込《こ》むと、さらに速度を増してオークへと突っ込んだ。

「ふっ！」

肉迫すると同時に、斧を払った。

だが、オークはその軌道を予想していたようだ。軽く身を引いてその刃を躱している。

「ブモォオオオオオオ!!」

声をあげて、反撃とばかりに鉄剣が払われた。

喉元に迫るその軌道を、明はしかとその目で見定めてステップを踏んで躱した。ビュンとした音が耳に届き、逃げ遅れた前髪が数本宙に舞う。

その風切り音を捕まえるように、明は戦斧を握り締めるその手をぱっと放して、拳を握りしめた。

「おらァ!!」

掛け声と共に振るわれた拳が、オークの伸びきった腕へと直撃した。

それは、ミノタウロス戦で見せたあの動きとまさに同じ。相手が手にした得物を落とさせるために、多くの繰り返しの中で明が編み出した攻撃方法の一つ。

「ッ、ォオ!!」

ステータスの筋力値に後押しされて、繰り出された拳から伝わるその衝撃にオークの鉄剣を握る手が緩んだ。

すかさず明はその手に向けて蹴りを放つと、オークの鉄剣を吹き飛ばす。

「グォオ」

オークの悲鳴が上がり、その視線が吹き飛んだ鉄剣へと向いた。

それを、明は見逃さなかった。

「どこ、見てんだよッ!!」

叫び、小さく足を運んで腰を捻《ひね》った。

倒れた身体に引きずられるように持ち上がった足が、鞭《むち》のようにしなってオークの顔面へと迫る。

繰り出したハイキックはオークの顎を正確に捉え、その脳を揺らしたのが分かった。

「ブォ――」

ぐるりと、オークが白目を剥《む》く。

ふらふらと身体が揺れて、どさりとその巨体が倒れた。様子を窺うが、起き上がる気配はない。

どうやら、完全に伸びてしまったらしい。

「ふー……」

明は胸の内に溜め込んでいた息を大きく吐き出すと、その手に持つ斧をくるりと回して構えた。

「じゃあな」

呟き、刃を落とす。

落ちた刃はまっすぐにオークの太い首へと迫り、その肉と骨を断ち切って、その命を確実に奪い取った。

レベルアップしました。
レベルアップしました。
レベルアップしました。
…………………………
…………

ポイントを5つ獲得しました。
消費されていない獲得ポイントがあります。
獲得ポイントを振り分けてください。

D級クエスト：オークが進行中。
討伐オーク数：1／50

首が転がるのと同時に、明の目の前には大量のレベルアップを示す画面と、クエストの進行を示す画面が出てきた。

「レベル差があったからか？　経験値が多いな」

本来ならば、今のレベル帯でオークを倒すことなんて不可能だったはずだ。

けれど、それが出来たのもミノタウロスを討伐したことで得た大量のポイントがあったからだ。

あのポイントで『身体強化』のスキルレベルをあげていなければ、オークを倒すなんて芸当はとてもじゃないが出来なかった。

「よし、次だ」

息を整えて、オークが落とした鉄剣を拾うと、明は歩き出す。

次の獲物を見つけるのにそう時間は掛からなかった。

◇

サブ武器として拾ったオークの鉄剣は、使い潰していくことに決めた。

オークとの出会い頭で、手にした鉄剣を投擲《とうてき》して先制攻撃をする。

それからすぐに戦斧を構えて突撃して、戦闘を開始する。

そうして、幾度となくオークとの戦闘を繰り返しながら明は街を彷徨《さまよ》い歩く。

喉が渇けば路地裏の自販機を壊してその中身を口にして、腹が減れば民家に侵入して残された食料を口にした。

この街に出現したモンスターがオークという強敵だったのも影響していたのだろう。

明が居た街に比べれば、この街の民家や店舗を襲った火事場泥棒の数が少ないように思えた。

「ふぅ……」

事切れたオークを見つめて息を整えた。

これで、ようやく半分。オーク討伐も二十五匹目だ。

気が付けば折り返しとなったクエスト画面へと目を向けて、明は自分のステータス画面を呼び出した。

（総合レベルも50になったたか。このクエストを始める前は39だったから、あっという間に11レベルが上がったな。……クエストの発生条件のことを考えると、素直に喜んでいいのか反応に困るな）

クエストの発生条件は、レベルが上のモンスターに殺された後に目覚めたその世界で、もう一度、同じモンスターと遭遇することだ。

ゆえに、自分のレベルが上がれば上がるだけクエストは発生しにくくなる。

より多くのクエストを受けて報酬によるポイントを大量に獲得する、という効率だけを重視していくのなら、クエスト中のレベルアップはあまり喜ばしいことではなかった。

（とはいえ、レベル差のあるモンスターを相手にする以上、絶対に俺のレベルは上がるし……。これればかりは、考えても仕方ないことなのかもな）

対策としては、出来るだけレベル差のないモンスターを相手にクエストを発生させることだろう。

今回はレベル差の大きいオークを相手にクエストを発生させてしまったが、次からはクエスト相手にも気を遣わなければならない。

（そうなると、ゴブリンを相手に最初のクエストが発生していたのは結果的に運が良かったのかもな。あの街で、一番レベルの低いモンスターはアイツだったし。あの時は〝死にたくない〟って思いが強すぎて、真っ先にレベリングしていたけど……。今にして思えば、考え無しにレベリングしていたのは悪手だった）

その結果、グレイウルフを相手にクエストが発生するのかどうかを試して、レベルが上がりすぎていたがためにクエストの発生条件を満たすことが出来なくなってしまった。

それが勘違いにも繋がり、さらなるレベリングへと突き進むことになってしまったのだが、これればかりはもう、仕方がないと諦めるほかない。

（第一、一度モンスターに殺されることが条件に入ってる時点でおかしいんだよ）

心でぼやきながら、明は遭遇したオークの身体に向けて戦斧を振り払った。急所を狙った攻撃はオークに弾《はじ》かれて、反撃とばかりに鉄剣を返される。

身体を捻るようにして躱しながら、明は思考を続ける。

（普通、誰だって最初は死にたくないって思うだろ。死なないためには、レベルをどんどん上げな

きゃって考えてしまう。それを、逆手にとったかのような条件にしやがって）

下手すれば気が付かないことだってあり得る条件だ。

下剋上《げこくじょう》、なんて言えば聞こえはいいのかもしれないがその実態はあまりにも酷すぎる。

（はぁ……。まあ、まだ気が付いただけマシって思うしかないな。ひとまず、これからはクエストを発生させるモンスターや、そのタイミング。それを常に考えておいて、レベル差のないモンスターでクエストを発生させないと――）

そこまで考えて、明はふと呆《あき》れた笑みを浮かべた。

今までならば、死なないようにするにはどうするべきかと常に考えていたその思考が、いつの間にか死ぬことを前提とした思考へと変わっていたからだ。

（死にたくねぇ、なんて考えていたのも最初だけだったな。今じゃあすっかりあの痛みにも、苦しみにも慣れてしまった）

振るった戦斧の刃がオークの身体を切り裂いた。

すかさず蹴りつけて、隙が出来たところにトドメとばかりに戦斧を叩き込む。

（ひとまず、さっさとこのクエストは終わらせないと。ウェアウルフ《アイツ》がどんな動きをしてくるのかが分からない。時間をかければかけるだけ、街が危機的な状況に陥るのは確かだ）

目の前に現れたクエストの進行を示す画面を消して、明は気持ちを切り替えた。

スマホの画面で時間を確認する。

時間帯的にはちょうど、侵入してきたウェアウルフによってモンスターの大移動が生じている頃だ。

「……もう、こんな時間か。急ごう」

あの大移動をしているモンスター達が、いつ病院の中へと雪崩《なだ》れ込《こ》むとも分からない。

それらのモンスターが病院に向かわなくても、ボスであるウェアウルフが病院へと向かうかもしれない。

これからの時間は明自身、一度も経験していない未知の世界だ。

だからこそ、何が起きるのか分からないからこそ、悠長に街を散策している余裕はなかった。

(さっさと終わらせないと)

心で呟き、明はより一層、オーク討伐に力を入れる。

そして、オークを狩り続けることさらに数時間。

何度かボスが周囲に現れた時と同様の気配を感じ、必死に逃げながらもオークを確実に仕留め続けて、ようやく。クエストの終了を示す画面が現れた時には、あたりはすっかり明るくなっていた。

◇

「やっと終わったか……」

午前八時十七分。

陽も高くなり、すっかり夜の気配が消えた街の中で明は疲労が滲《にじ》む顔でため息を吐き出していた。

D級クエスト：オークが進行中。
討伐オーク数：50／50

D級クエスト：オークの達成を確認しました。報酬が与えられます。
クエスト達成報酬として、ポイントを30獲得しました。

目の前に表示されたクエストの終了画面を見つめる。

報酬は、ポイント30だった。決して少なくはないそのポイント数に、明の口元が僅かに綻ぶ。

（E級クエストのゴブリンを終わらせた時が、ポイント10の報酬。D級の今がポイント30。んで、ミノタウロスのC級がポイント50、と。クエストのランク?が一つ上がるごとにポイントが20ずつ増える感じかな）

確証はないが、可能性は高い。

そんなことを考えながら画面を見つめていた明は、その開かれていた画面を消してステータス画面を表示させた。

一条　明　25歳　男　LV17（55）
体力：82（＋16UP）　筋力：182（＋16UP）　耐久：151（＋16UP）
速度：166（＋16UP）　魔力：37（＋16UP）　幸運：56（＋16UP）

ポイント：47

固有スキル
・黄泉《よみ》帰り

システム拡張スキル
・インベントリ
・シナリオ

スキル

・身体強化ＬＶ３
・解析ＬＶ１
・魔力回路ＬＶ１
・魔力回復ＬＶ１
・自動再生ＬＶ１
・疾走ＬＶ１
・第六感ＬＶ１

ダメージボーナス
・ゴブリン種族　＋３％
・狼《おおかみ》種族　＋10％
・植物系モンスター　＋３％
・獣系モンスター　＋５％

いつの間にか、消費していたはずの魔力値が完全に回復していた。

どうやら魔力値が完全に回復しきるとステータス画面に残っていた括弧は外れるらしい。

そんな小さな変化に驚きつつ、明は獲得したポイント数と今のステータス値を見つめてから、取得できるスキル一覧を表示させる。

「う――……ん」

眼前のスキルを見つめながら、明は悩むように声をあげた。

（ポイント15以上のスキルは耐性と技術系のスキルが中心なんだよなぁ。『斧術《ふじゅつ》』とか取得すれば、斧の扱いが上手くなるのか？）

どういう仕組みなのかは分からないが、効果を読む限りではきっとそうなのだろう。他にも『短剣術』や『細剣術』、『大剣術』とそのスキルの種類は多岐に分かれている。

（これだけのポイントがあれば、大抵のスキルを取得するには困らなそうだけど）

心で呟き、考える。

それだけじゃない。既存のスキルレベルを上げることも、自分好みにステータス値を上昇させることだって今ならば可能だ。

問題は、このポイントの使い道だった。

（ポイントを使ってまた魔力値を伸ばす――ってのもアリだけど、今の魔力値でもウェアウルフの速度は抜かせるんだよなぁ）

現在、オークを倒してレベルアップを重ねた明の速度値は１６６にまで上がっている。そこからさらに『疾走』スキルを発動すれば、追加で３６０もの数値が一時的に加算される。

スキルの発動に魔力を消費しなければならない以上、その発動を重ねるごとにスキルの恩恵が減っていくという弱点もあるが、それでも十分、今でもウェアウルフの速度に対応することが出来ている。

（事前に確認したウェアウルフの速度値は４１２。最初の『疾走』で、俺の速度は５００を超える。それだけの差があれば、ウェアウルフの攻撃をそう簡単に受けることはない……と思う）

単純な速度の差で戦闘の優劣が決まるわけでもないが、それでも有利であることに変わりがない。

（と、なると……。今の問題は、ウェアウルフの耐久を破るほどの筋力値が今の俺には無いってところか）

いくらミノタウロスの戦斧があるとはいえ、70以上も離れた明の筋力値とウェアウルフの耐久の差を埋めることは容易ではない。今あるポイントをすべてステータス値に変換してもまだ足りない。

確実にウェアウルフの息の根を止めるには、さらにもう一つ、明は攻撃に活《い》かせるスキルを取得しなければならなかった。

（今のスキルの中で、使えそうなものは）

ずらりと並ぶスキルを見据えて、明は唸《うな》りを上げた。

そして、多くのポイントを消費する上位クラスと思われるスキル群へと目を向けて、ふと一つの違和感に思い当たった。

（あれ？　これって）

明はそっと、ポイント消費15で獲得出来るそのスキルの名前へと手を伸ばした。

剛力ＬＶ１
・アクティブスキル
・自身の魔力を消費し、一分間、自身の筋力を上昇させる。上昇する値は、消費後の自身の魔力ステータスの値×剛力のスキルＬＶ×10で固定される。
・現在、スキル使用に消費される魔力量は１です。

（やっぱりそうだ、間違いない。『疾走』と同じ、ポイントを10消費すれば取得することが出来たスキルだ。結局、あの時は力があってもミノタウロスの動きについていけなきゃ意味がないって思って、迷わずに『疾走』を取得したんだけど……。どうして、あの時のスキルがポイント15の消費に？）

何かの間違いかと、明は『剛力』スキルの詳細画面を消して、再びスキル獲得の一覧へと目を向ける。が、やはり見間違いではない。『剛力』の取得に必要なポイントは、10ではなく15だ。

（よくよく見たらポイント15に変わったのは『剛力』だけじゃないな。『鉄壁』っていう、魔力を消費して耐久値を上げることが出来るスキルも取得に必要なポイントが15に変わってる？　ッ、まさか！　『疾走』や『剛力』、『鉄壁』の三つのスキルは、どれかを一つ取得すると、残った二つのスキルの取得に必要なポイントが変わるのか？）

確固たる証拠もないが、可能性は十二分にあった。

実際に、こうして『剛力』を取得するためのポイント消費は上がっているのだ。

おそらく、ここで『剛力』か『鉄壁』、どちらかのスキルを取得すれば、残されたスキルを取得するために必要なポイントはさらに上昇することだろう。

（ポイント15か。ほぼ全部のポイントを使うことになるけど……でも、このスキルがあればウェアウルフの耐久を破って、確実な一撃を与えることも可能になる。

（迷う必要は、ないな）

明は小さく頷《うなず》き、心を決めた。

スキル：剛力ＬＶ１を取得しました。

軽やかな音とともにスキルの取得を示す画面が現れる。

無事に取得できたことを確認すると、明は手を振りその画面を消した。

(残りは32ポイントか。どうしようかな)

無理に使う必要もないが、貯《た》めておく理由もない。けれど、だからといって下手なスキルに使えば後悔することになるのは確かだ。

(消費したポイントは戻らない。……となれば、ここは今まで以上に慎重になるべきか。一度、ウェアウルフの様子を見ながらポイントの使い道を決めてもいいかもな)

無理に戦う必要はないが、様子を見て使い道を決めたとしても損はないだろう。もう一度、改めて『解析』を使い、ウェアウルフのステータスと見比べながらポイントの使い方を考えてもいいのかもしれない。

(ってことで、今はひとまず保留……っと)

思考を止めて前を向く。

「行くか」

今生の目的を、再び自分の街に。

侵入しているはずのウェアウルフと会うために、明は止めていた歩みを動かし始めた。

◇

「あれ？」

自分の街へと戻り、しばらく経ってからのことだ。

侵入してきたはずのウェアウルフの行方を探して、ふらふらと街の中を彷徨っていた明は、その姿が街のどこにも見えないことに首を傾《かし》げていた。

「おかしいな……。この街にはいると思うんだけど」

ウェアウルフがこの街に足を踏み入れているのは間違いない。それは、これまで繰り返してきた人生においても確認している。だというのに、いくら街の中を探してもその姿が見えないのだ。

住宅地にはウェアウルフを恐れて逃げていたモンスター達が戻り始めている。

怯えた様子もないその表情からして、この辺りにはもう、ウェアウルフがいないことは確かなようだった。

（この街の中で調べていないのはあと商店街がある範囲と、奈緒さんがいる病院のあたり……。あとはもう、全部調べ尽くした）

嫌な予感がした。

虫の知らせ、とでも言った方が正しいのかもしれない。

残りの探索していない場所が街の中でも限られた範囲だということも、その嫌な予感に拍車をかけていた。

「…………ッ」

そんなはずはない。きっと、アイツは商店街にいるんだ。そこで、ありもしない食べ物を漁《あさ》っているに違いない。

必死に自分自身にそう言い聞かせながらも、明の足は奈緒のいる場所へと向けて足早に動き始めていた。

（大丈夫。大丈夫だ。きっと何もない。何でもないんだ）

街の中を駆けながら、祈るように何度も呟き続ける。

頭の中で想像する最悪を必死に振り払い、一条明は足を動かし続ける。

しかし、そんな必死な祈りとは別に。明の身体は、病院へと近づくたびに感じるあたりに広がるその重圧を、しかと感じ取り始めていた。

「はっ、はっ、はっ、はっ……」

殺気に当てられ、自然と息が上がった。

全身の毛穴が開いたかのように、足を踏みだす度に止まらない汗が噴き出してくる。

本能が、心が、魂が。今すぐにそこから引き返せと、警告の叫びを上げてくる。

「ッ‼」

それを、明は奥歯を噛《か》みしめ黙らせた。

もはや身に慣れた感覚だ。この先に、何が居るのかなんて改めて考える必要はない。

――この先にいるのはウェアウルフだ。

あの怪物が、餌である人間が多く集まるあの場所に狙いを付けている。

（遅かった……！　準備を整えるのが遅すぎたんだ‼　俺がオークと戦っている間に、アイツはこの街の探索をあらかた終えやがったんだ！）

かつて、この街に出現したミノタウロスのように。

餌を探し求めて街の中を彷徨うボスは、他のモンスターと比べて鋭い嗅覚を持っている。どんな居場所に隠れていようとも、街の中にいれば最後には必ず見つけ出して食い殺す。

きっと、この街に侵入したウェアウルフも同じなのだろう。

アイツもまた街の中を彷徨い、人の気配を感じてはその場所に赴き、出会った人間を食い殺している。

「っ」

病院が近づくにつれて、空気に含まれる殺気と威圧感がさらに濃くなった。死の気配が近づくにつれて足が竦《すく》み、膝が折れそうになる。

それを、必死に耐える。唸るように声を出して奥歯を噛みしめる。

これから向かう場所が危険だからと、そんな理由で諦められるはずがなかった。諦める理由にはならなかった。

奈緒はまだ死んじゃいない。

まだ、あの画面は出ていないのだ。

【あなたと共に】というシナリオを受けたあの瞬間から。今この瞬間、この時まで。

一条明の命と、七瀬《ななせ》奈緒の命は常に繋がっている。

あのシナリオによって、二人の生死は常に共にある。

だから明は走り続ける。

今度こそ彼女を護ると心に決めた、自分自身に立てた誓いのために。

あの絶望の中で折れかけていた心を繋ぎ止めてくれた、彼女に報いるために。

一条明が一条明たる居場所でいてくれる彼女を、今度こそは無残にも死なせはしないために。

（この、先！　ここを越えれば奈緒さんのいる病院に――――）

辿り着く。

そう、続けるはずの心で吐いた言葉はふいに途切れた。

「…………え？」

病院があったはずだ。

そこには、病院があったはずだった。

けれど、明の眼前には大穴の空いた外壁と窓ガラスの割れた廃墟《はいきょ》が佇《たたず》んでいた。

「ッ、奈緒さん!!」

声をあげて、明は廃墟の中へと飛び込んだ。

けれど、その足もすぐに止まる。

「――ッ、なんだよ……これ！」

飛び込んだ正面玄関の先の広がっていたのは、壁や床を真っ赤に彩る大量の血の海と、辺り一面にばら撒《ま》かれた臓腑《ぞうふ》の山だった。

食べられたのではない。明らかに、弄《もてあそ》ばれた跡なのだ。

歯形も、欠損もなく。ただただ中身だけがくり抜かれ、弄ばれた痕跡のある人の姿をした何かが、足を踏み入れたエントランスロビーには広がっていた。

（っ、酷《ひど》い……）

肉塊の多くは、この病院を守る自衛隊員だ。中には自衛隊ではない人々も混ざってはいたが、その人達もモンスターと戦うために積極的にレベルを上げている戦闘員だった。

（食料ですらない……。俺たちは、ただの玩具ってことかよ!!）

眼前の光景に、心の奥底で怒りが燃え上がる。

血の海に踏み出す足に、力が籠《こも》る。

「クッソ!!」

すぐにでもウェアウルフの姿を見つけ出したかった。

けれど、それは今じゃない。まずはまだ生きているはずの、奈緒の姿を見つけることが優先だった。

血の海を駆け抜け、階段を駆け上がる。

「――ッ」

地獄だった。

悲惨と呼ぶことさえも憚《はばか》られるような光景が、病院の至るところで出来上がっていた。

助けを求めてこの病院へと訪れていた女性も、子供も、老人も、病人も。等しく誰もが弄ばれ殺され、飽きられたように食わずに捨てられていた。

その光景に、明はぎゅっと目を閉じて足を動かし続ける。

心の奥底で燃え広がる怒りの炎が一歩ずつ足を踏み出すたびに大きくなる。

(奈緒さんが居たのはこの病棟の奥だったはず――――ッ!!)

階段を駆け上がり曲がり角を抜けて、奈緒がいた病室へと辿り着いた明は、そこで目にした光景に息が止まった。

部屋の中には、ウェアウルフが居た。

血と臓腑に銀の体毛を汚し、ニタニタとした笑みを浮かべながら。両足をへし折り、逃げることの出来なくなった彼女を片手で持ち上げて。死に瀕《ひん》した彼女の恐怖を増強させているかのように、非常にゆっくりとした動作で、その鋭い鉤爪《かぎづめ》を今まさに彼女の腹へと突き刺そうとしている瞬間だった。

「――――」

目にした光景に、今まで堪えていた怒りが一気に噴き出した。

音が消えて、視界が狭まる。

「『疾走』」

身体が加速する。

眼前の光景以外の全ての情報が遮断されて、明の身体は無意識のうちに動き出す。

「何、やってんだテメェェエエエエエエエエ!!」

そして明は、雄叫《おたけ》びのような声をあげてウェアウルフへと向けて戦斧を片手に斬りかかった。

「ガ、ァアァッ⁉」

まさか、立ち向かって来る生き残りがいるとは思わなかったのだろう。

無防備に晒された背中に刃を受けて、突然その身を襲った痛みにウェアウルフから声が漏れた。

明はその悲鳴を耳にしながらも止まらず、すかさず次の行動を選択する。

「その人を、離せッッ‼」

叫び、奈緒を掴むウェアウルフの腕に向けて戦斧を叩きつけた。

固い手応えだ。傷は浅く、骨を切断するまでには到底至らない。

けれど、その痛みは奈緒の拘束を緩めるには十分だった。

「っ、あぅ！」

地面に放り出された奈緒が小さな悲鳴を上げる。

明は奈緒の意識があることを確認すると、すぐにウェアウルフへと向き直り、奈緒からその身体を引き離すべく全力で体当たりをかました。

常人を超えた明の筋力に押されて、ぐらりとウェアウルフの身体が揺れる。

揺れた身体は窓枠を壊して、ガラスを割りながらも明と共にもつれるようにして空中に投げ出される。

「おい」

眼前の、怒りに燃えるウェアウルフの瞳を見つめながら明は言った。

「テメェの相手は俺だよ」

言って、ウェアウルフの首を摑んで一気に力を込める。

「ッ‼」

ビキビキと明の両手に筋が浮かんだ。筋肉が膨れ上がった両腕が、肩が、背中が。無理やりにウェアウルフの身体を宙で持ち上げ、地面に向けて投げ捨てる。

「グルルルァアアアアアア‼」

轟々《ごうごう》と耳元で鳴り響く風の音の中で、怒りの声をあげるウェアウルフの叫びを聞いた。

直後、轟音と共にウェアウルフの身体は地面に叩きつけられた。割れたコンクリートの破片と共に吹き上がる土煙によって、明の視界が一瞬にして奪われる。

(くっそ、先が見えねぇ！　とにかく、反撃を受けないよう体勢だけは整えておかないと！)

心で叫び、空中で体勢を整えようと試みる。けれど、ただ落ちるだけでなく宙で最適な姿勢を整えるのは至難の技だ。

「ガァアアアウゥッ！」

それに明が戸惑っている間に土煙の中から咆哮《ほうこう》が聞こえ、黒い影が跳び上がってきた。

「まずッ」

それがウェアウルフだと気が付いた時にはもう遅かった。

「ぐっ、ぷ――――」

振り払われた拳が明の腹を捉える。

凄《すさ》まじい衝撃は明の中の何かを潰し、血を喉元にまで吹き上げた。

「…………っ」

そして明は、その勢いのままに地面に叩きつけられた。

背中から襲う衝撃が肺の中の空気を押し出し、腹から溢れる血とともに口から吐き出される。激痛に視界が一瞬だけ明滅するが、その痛みがむしろ明の意識を繋ぎ止めるのに役立っていた。

「が……ぐ、っそ！」

すかさず働く『自動再生』の癒しを明は感じた。

けれど、足りない。すべての傷を癒すまでには至らない。

戦闘を続行させるには、その小さな回復量ではあまりにも不十分だった。

（内臓がやられた……。まだ動くことは出来るが、これじゃあ動きが鈍くなる。せっかくの『疾走』も、この身体じゃ意味がない）

スキルによって無理やりに加速するのは、ただでさえ負担が生じる。

その負担に、今のこの身体では耐え切れるとは思えなかった。

（ミノタウロスの時は、短期決戦だったから無視出来た……。あの時は、後のことなんて考えちゃいなかったからどうにかなった。でも今は）

ウェアウルフを相手に『疾走』スキルを使ったからといって、圧倒できるほどの余裕がない。ミノタウロスとは違って、一分以内に決着をつけることは難しいように感じた。

（このまま、俺が動けなければ奈緒さんが狙われる。殺される！　それだけは、どうにか避けないと）

手段はなかった。

この場で取れる選択肢はあまりにも限られていた。

(同じ『黄泉帰り』が働く奈緒さんの前で、自死なんて出来るはずがない。だったら)

ステータス画面を開き、素早く画面を操作する。

表示される画面を叩きつけるように、その選択肢を肯定する。

スキル：自動再生ＬＶ２を取得しました。

その身に宿る回復量を底上げする。

底上げした回復量をもって、戦闘続行の時間を今よりも延ばす。

それが、明のとった選択肢だった。

(こいつのレベルを上げるのに使うポイントは30！　残り2ポイントになってしまったけど、今この場で取れる選択肢はほとんどない‼)

残り2ポイントとなってしまったステータス画面を消して、明は両足に力を込めて立ち上がった。

「っ‼」

手にした斧を構えて、地面を蹴った。

彼女を護るために。

自らの誓いを守るために。

一条明は、歩みを止めるわけにはいかなかった。

※

「いち、じょう……？」

七瀬奈緒は、大穴の空いた小さな部屋から眼下を見下ろしていた。

あの怪物が、この病院を襲ったのはつい先ほどの事だ。悲鳴が聞こえ、轟音と衝撃が響いて。それが、階下から順番に上にまで上がって来る気配を感じて。

それに怯えることしか出来ず、部屋の外へと出ることが出来ずにいた奈緒の元へとやって来て、その怪物はニタリとした笑みを浮かべた。

その笑みに、死を感じた。

一瞬にしてあの痛みと恐怖が蘇《よみがえ》り、泣きたくもないのに涙が溢れた。

この世界には救いがない。

外に出ればモンスターに殺され、たとえ外に出なくても、こちらが望んでもいないのにモンスターの方からやって来る。理不尽は路傍の石ころと同じくそこかしこに転がっていて、絶望は空気と等しく世界に広がっている。

それを、奈緒は改めて理解した。

『シナリオ』を受け、『黄泉帰り』というスキルの効果が一時的に与えられたからこそ、改めてこの世界の現実を見つめ直すことが出来た。

だからあの時。ウェアウルフに見つかり、身体を持ち上げられたあの瞬間。七瀬奈緒は全てを受《う》け容《い》れた。受け容れた上で、何もかもを諦めた。

——彼が現れたのは、そんな時だった。

「なんで、お前……。どうして！」

眼下で繰り広げられる激しい戦いに、奈緒は思わず言葉を漏らす。

彼にとって、自分はただのお荷物だったはずだ。

モンスターともまともに戦えず、たった二度の死を経験しただけで心を病んで立ち上がることも出来なくなった自分を切り捨てたかったはずだ。

だから、この世界では顔も見せなかったんじゃないのか？

「なんでだよ……。なんで！」

どうしてお前は、こんな弱い自分を見捨てずにいてくれるんだ？

「…………ッ」

自分が惨めだった。

ひとり、小さな部屋の中で震えることしか出来ない今の自分が嫌だった。

こうして部屋の中に引きこもっている間にも彼は戦っている。

あの言葉の通り、この惨めな自分を助けるために今でも血を流している。

——いったいどうして。何のために、あの時の自分は、彼と共にこの世界で戦う覚悟を決めたのだろう。

「……ッ」

分かっている。

分かっているのだ。

このままじゃダメだってことも。立ち上がらなくちゃいけないってことも。今の自分が、彼の足を引っ張っているってことも。

「くっ、うぅ……」

それが、どうしても悔しくて。不甲斐《ふがい》ない自分自身に怒りが湧いて。何も出来ない自分に対する激しい自己嫌悪に陥って。何度も、何度も立ち上がろうと身体に力を込める。

ゴメン、と。

心配かけた、と。

彼を安心させるためにそう言って、笑いたかった。

「うぅ……何が、何が!!　『私も戦う』だ!!　『私は大丈夫』だ!!　何も、何もッ！　私は、出来ていない……ッ」

恐怖を押《お》し退《の》け、立ち上がろうとするたび、ふとした瞬間にあの光景が蘇る。

あの激痛が、あの苦しみが、あの恐怖が。どこに行くつもりだと、死の間際に目にしたモンスター達が浮かべた醜悪な笑みとなってこの身体を、心を縛りつけた。

――――いったい、何のために私はここにいるんだろう。

その問いかけに対する答えを今の七瀬奈緒は見つけることが出来ないまま、一条明の戦いを見守ることしか出来なかった。

※

ＬＶ２となり、以前よりも上昇した『自動再生』の恩恵が、『疾走』による身体の負担を受け止めてくれていた。

「ぉおおおおおおッ！」

跳び上がって宙から落ちてくるウェアウルフに向けて、今度は自分の番だと言わんばかりに明は手にした戦斧を下段から振り上げる。

「ガァッ‼」

それを、ウェアウルフは両手の鉤爪で受け止めた。

凄まじい衝撃が両腕に伝い、刃が弾かれる。慌てて体勢を立て直すと、明と同じく衝撃で弾かれたウェアウルフが地面に転がり、立ち上がろうとしているところだった。

（チャンス！）

心で呟くのと、その動きだしはほぼ同じ。

「ふっ！」

肉薄すると同時に、腰で溜めた戦斧を振り抜く。

だがその攻撃もまた、ウェアウルフには届かなかった。

「グルルル……」

唸り声をあげて、ウェアウルフは振り抜かれる刃を跳び上がり、躱す。

躱した体勢のまま、ウェアウルフは大きく片足を振り上げてギロチンの如《ごと》くその踵を明の頭上からまっすぐに落としてくる。

「ッ！」

身体を捻る。

急所を潰し、命を刈り取ろうとしてくるその攻撃を躱し、反撃として戦斧を振るおうと両手に力を込める。

異変が起きたのはその時だ。

「――――」

がくり、と。目に見えて分かるほどに、その身体の動きが遅くなった。

それが発動した『疾走』の効果が切れた瞬間だと気が付いた時には、もう何もかもが遅かった。

振り下ろされる踵が明の頭蓋を捉える。

踵は、そのまま明の骨と脳漿《のうしょう》を潰し、地面に叩きつける。

「――――」

誰かの悲鳴が響いていた。

その悲鳴を、一条明は聞くことも出来なかった。

敗北の先へ

――二十九度目。

ウェアウルフに殺された明《あきら》は、いつもの病室のベッドで目覚めていた。

（……負けた、のか）

運が悪かった、とでも言えばいいのかもしれない。

あの瞬間、あのタイミングで『疾走』の効果が切れた。それが、明暗を分ける結果となってしまった。

（いいや、違う。もっと効果の時間を気に掛けるべきだったんだ。それが出来ていれば、あの攻撃だって避けることは出来た）

反省は多い。けれど、同時に収穫がある。

大切なのは、前回の失敗をどれだけ糧に出来るかだ。

（ウェアウルフと直接やり合ったから、攻撃方法も分かった。アイツは徒手や鉤爪《かぎづめ》での攻撃が中心で、素早い動きでの連続攻撃を得意とするタイプだ。下手な攻撃はアイツの攻撃の基点に繋《つな》がり、それが致命的な攻撃にも連なる。……となると、こっちも同じ様に対応していくしかない。重たい一撃を放つよりも、細かく攻撃を重ねて致命的な一撃を叩《たた》き込《こ》む）

明は冷静にウェアウルフを分析すると、頭の中で戦闘のイメージを固めた。

（『疾走』と『剛力』スキルの使いどころが鍵になるな。むやみに乱発すればどちらも効果が落ちていく。アイツの動きに対応するためにも『疾走』スキルを優先に使っていくか）

ひとまず、対策としてはそんなところだろう。

明は小さく息を吐いて天井を見上げた。

「……前回、死ぬのがまだ俺で良かった」

もしもあの時。間に合わずウェアウルフに殺されているのが奈緒《なお》であれば、その時は、彼女の心が完全に壊れていたかもしれない。

「とはいえ、もうそろそろ限界だ……。こうしてまた繰り返したってことは、また、奈緒さんはキラービーとの戦いの最中で目が覚めている」

前回ウェアウルフに殺されたことで、幸いなことに今はクエスト発生の条件を満たしている。

今生で、もう一度ウェアウルフに遭遇すればクエストは発生するはずだ。

「今回で、終わらせる」

放置すればあの怪物はこの街にやってくる。そして、街の生き残りを一人残らず弄《もてあそ》び、殺す。

食料として人間を認識していたミノタウロスのほうがまだ弱肉強食という面で見れば許せるかもしれない。

「…………………」

ウェアウルフによって作り出されたあの悲惨な光景を思い出して、明は怒りに拳を握りしめた。

それから数時間後。

夕方になり、ほどなくして軽部《かるべ》が訪れる時刻へとなろうとした頃。満身創痍《そうい》だった明の身体《からだ》は、問題なく動けるまでに回復していた。

（前回、『自動再生』のスキルレベルを上げたかいがあったな。身体を動かせるまでにかかっていた時間が半分になってる）

身体を起こして、明は調子を確かめる。

問題はない。痛みの具合で考えるに、この調子ならば全快まで一時間足らずといったところだろうか。

（『インベントリ』にオークが持っていた鉄剣も入れていたから、今回の『黄泉《よみ》帰り』から鉄剣も一緒についてきてるな。鉄剣と戦斧《せんぷ》、この二つをもって病院の中を移動するのは……警戒されるだけか）

床に置かれたそれらの物へと目を向けて、明はそんなことを考えた。

ミノタウロスの戦斧もそうだが、モンスターの武器はどれも大きい。小さな武器はゴブリンが手に持っていた石斧《せきふ》ぐらいだ。

身の丈を越える斧《おの》や刀身の長い長剣を手に、院内をうろつくその姿はどう見てもヤバいヤツでしかないだろう。

（ひとまず、こいつらは置いておくか）

この時間なら、ブラックウルフの襲撃だってないし戦闘だって起きないはずだ。

「まずは奈緒さんを探すか」

呟《つぶや》くように言って、明は病室を後にした。

世界の焼き増しとも言えるこのループ中では、以前とは違う行動をこちらが取らなければ人々は記憶の中にある動きとほぼ同じ行動を取る。

しかし奈緒は今、明と同じく黄泉帰りを繰り返す人間だ。

以前はトラウマによるフラッシュバックが原因で、薬を飲まされて病室へと運ばれていたようだが、今回も同じようにトラウマで錯乱しているとは限らない。

その場合は、この病院内のどこかで心と身体を休ませている可能性が高かった。

(奈緒さんの居場所を知っていそうな人が居ればいいんだけど)

そう思いながらも廊下を歩いていたその時だ。

明は、廊下の向こうから歩いてくる軽部を見つけた。

軽部も廊下を歩く明に気が付いたのだろう。その顔を見つめて、ぽかんと口を開くと動きを止めた。

「いち、じょう……さん？　どうして、ここに……。いやそれよりも、もう動けるんですか？」

まるで、幽霊でも見ているかのような表情だ。

いや、むしろ幽霊だと疑ったのだろう。彼の視線が明の足元へと向けられた。

そんな軽部の様子に、明は小さく噴き出すように笑うと、口元を綻ばせて言った。

「ええ、まあ。スキルの効果ですよ。俺がそこらの人と同じじゃないことは、あなたならもう知っているでしょう?」

その言葉に、軽部は戸惑いながらも思い当たる節があるのか、納得するように頷《うなず》いた。

「確かに、一条《いちじょう》さんが我々とは違うことは重々承知していましたが…………。まさか、あれだけの傷が一気に治るなんて。いったい、どんなスキルを取得すれば、そんな驚異的な回復力を身に付けられるのでしょうか?　やはり魔法のようなもので身体の傷を治したのですか?」

「いえ、『自動再生』というスキルの効果です。スキルの取得ポイントは7なので、ポイントに余裕があればモンスターとの戦闘を積極的に行う皆さんは取得しておくといいですよ」

その言葉に、軽部は「なるほど」と言って考え込んだ。

おそらく、スキル取得に使うポイントの大きさと、現在のステータスとモンスターとの戦力差を比べて、ポイントを溜《た》めて取得するかどうかを悩んでいるのだろう。その瞳が細かく宙を動いているのを見て、明はそう考えた。

そんな思案顔となった軽部に向けて、明は間を置いて口を開く。

「それよりも、軽部さんに聞きたいことがあります。奈緒さん……七瀬《ななせ》奈緒の居場所はどこですか?　おそらくですがキラービーとの戦闘中にパニックを起こして休んでいるんじゃないかと、俺は思っていますが」

「――ッ、どうして一条さんがそれを……?　確かに、七瀬さんはキラービーとの戦闘中に突然、過呼吸となって、今は個室で休まれてますが」

「なるほど。ありがとうございます」

個室、という単語を聞いて明はすぐに奈緒の居場所が思い当たった。

すぐにその場所へと足を向けようと、軽部の横をすり抜けようとしたところで再び声が掛けられる。

「ちょ、ちょっと待ってください！　一条さんには、いろいろと聞きたいことがあるんです！　あなたの部屋にある、大きな斧や剣、それに、レベルの低いあなたがどうやってミノタウロスを倒したのかを――――」

「すみません。わけは必ず、後で話します」

明は、軽部との会話を強引に打ち切った。

背後からは再び軽部の疑問の声が上がっていたが、明はその声に、最後まで反応をしなかった。

◇

記憶にある病室へと向かう。

ほどなくして辿《たど》り着《つ》いたその病室の扉は、訪れる者を拒んでいるかのように固く閉ざされていた。

「…………」

ゆっくりと。明はその扉をノックする。

「――――奈緒さん」

次いで小さく吐き出したその声に、室内からハッと息を飲むかのような気配と共に、ガタリと何かが床に落ちる音がした。

どうやら、彼女がこの中に居るのは間違いないらしい。

しばらく間を空けて返事がないことを確認すると、明はまた、中にいるはずの彼女に向けて声を掛ける。

「奈緒さん。俺です、一条です」

ゆっくりと、出来るだけ優しく、明は言った。

しかし、やはりと言うべきか彼女からの返事は無かった。

声が届いていないわけではない。その証拠に、扉の向こうでは息を潜めて、こちらの様子を窺っている気配を感じ取った。

(仕方ないな)

ため息を吐き出し、明は扉の取っ手に手を掛ける。

「開けますよ」

言って、明が扉を開こうとしたその時だ。

「やめろッ！　開けないでくれっ！」

悲鳴にも似た制止の言葉が、室内から響き渡った。

明は、その声にピタリと動きを止めると、その体勢のまま言葉を掛ける。

「どうして、開けちゃダメなんですか？」

「………お前に、合わせる顔がないからだ」

「俺に？　どうして？」

その言葉に、奈緒からの返答は無かった。

しばらく間を空けて、明は奈緒の言葉を待つ。

だが、途切れてしまった会話は再び始まることが無かった。

明はゆっくりと息を吐き出すと、再度扉の取っ手へと力を込める。

「すみません。入ります」

「ちょ、待って――――ッ！」

室内からは再び制止の言葉が響いたが、今度はその言葉を聞き入れなかった。

その部屋の中は、窓から差し込まれる夕陽《ゆうひ》によって茜色《あかねいろ》に染まっていた。

明はまず視界を覆う朱色に目を細めて、室内を見渡す。

すると、まるであの日の夜からずっとそこに居たかのように。あの時とまったく同じ体勢で、ベッド上で膝を抱えて座り込んだ奈緒の姿を明は見つけた。

違いがあるとすれば、彼女の頬には大粒の涙が流れていたことだ。

ぽろぽろと流れ出るその涙が、夕陽に反射して明の目に焼き付く。

奈緒は、頬と目元をすぐさま拭うと顔を隠すようにして俯《うつむ》いた。

「………どうして、入って来たんだ」

消え入りそうな声で、奈緒は言った。

「お前にだけは、こんな姿を見られたくなかった。…………だから、扉を開けるなと言ったのに」

「すみません。でも、どうしても奈緒さんと話がしたくて」

「話をするだけなら、扉越しでも出来ただろ」

「確かにそうですが……。喧嘩《けんか》もしてないのに、扉越しに話をするのは少し、寂しいです」

「だからって勝手に入ってくるヤツがあるか。馬鹿」

奈緒は、顔を俯かせたまま言った。

明はそんな奈緒の様子に一度口を開くが、やがて言葉を飲み込むと、静かにその口を閉じた。

掛けるべき言葉がたくさんあった。

たくさんあったからこそ、明にはどの言葉を掛けて良いのかが分からなかった。

しばらくの間、互いの会話が途切れる。

明は小さく息を吐き出すと、奈緒へと向けて声を掛けた。

「……俺も、座っていいですか？」

返事は無かった。

けれど、確かに小さく。奈緒が頷いたのが明には分かった。

明はあの日の夜のように、そっとベッドに腰かける。

それからまた、あの時のようにじっと手元へと視線を落とすと、呟くように言葉を漏らした。

「…………奈緒さん。外に、出ましょう。俺の準備は終わりました。あとは、奈緒さんだけだ」

その言葉に、奈緒からの返事は無かった。

明は奈緒の様子を見つめて、何か一つでも返事が欲しいと、今度は話題を変えて問いかけてみる。

「……さっき、俺に合わせる顔がないって言ってましたけど、あれはどういう意味ですか？　まさか、その泣き顔を見られたくないから、なんて理由じゃないでしょ？」

その言葉にも奈緒は、反応を示さなかった。

やはり、ダメか。そう思って、明が再び話題を変えようと口を開こうとしたその時。

奈緒が、小さな声で言葉を漏らした。

「…………二回」

「え？」

「あれから二回、お前は死んだ。私がこうして、何もしていない間に、だ」

その言葉に明は、なるほど、とゆっくりと息を吐く。

彼女が何に対して負い目を感じているのかが分かったからだ。

「だから、俺に会いたくなかった、と？」

「……そうだ。お前がこの世界で戦っている間、私は何もしなかった。出来なかった！　モンスターと戦うことすら、しなかったんだ!!　そんな私が……今さらお前に会って、どうするっていうんだ」

奈緒が口に出した最後の言葉は、細かく震えていた。

奈緒は、自らの腕を片手でぎゅっと摑《つか》むと、顔を俯かせたままさらに言葉を吐き出す。

「結局、お前ひとりが頑張ってる。私は、それが嫌だったはずなのに……ッ！　気が付けば結局こうしてまた、お前だけがひとりでどうにかしようとしている!!」

——そんな自分が許せない。

声には出さないまでも、奈緒のその悲痛な叫びは、明には痛いほど伝わってきた。

「やっぱりお前ひとりはダメだと、こうしている間にも私は、何度も思った。立ち上がろうとした。……でも、出来なかった。モンスターを見れば、あの出来事を思い出すんだ！　忘れることが出来ないんだ!!」

奈緒はそう言うと、ようやく顔を持ち上げた。

泣き腫らした真っ赤な瞳が明の姿を捉えて、溢《あふ》れる涙が頬を伝って流れ落ちた。

「無理だ。無理なんだよ、一条。このままじゃダメだって、私自身、分かってるはずなのに……。どうしても、あの出来事が私を縛り付けるんだッ!!　立ち上がることすら出来ないんだよ!!」

七瀬奈緒は、昔から真面目な人だった。

自分に正直であり、それでいて厳しかった。

彼女は口にした約束を、最後まで守ろうとするような人だった。

だからこそ、彼女は今、その鎖に縛られている。

死に戻りによって傷ついた心が、動けなくなった身体が、彼女自身をさらにまた傷つけている。

立ち上がろうとしても立ち上がれない。そんな自分を奈緒自身が許せなくて、彼女は涙を流して悲鳴を上げている。

ひどい悪循環だ。自分で自分の首を絞め続けていると言ってもいい。

そっと、明は目を伏せる。

そうして彼女の苦しみを和らげるにはどうすれば良いのかを考える。

しかし、いくら考えたところでこの場で出来ることは何もない。

奈緒が苦しむこの状況を破るには、彼女自身が過去の傷を克服して立ち直るか、もしくはその元来の真面目な性格そのものを変えて、トラウマのある自分を受け入れるようにするしか方法はないように思えた。

(でも、それは違う。奈緒さんが、奈緒さんでなくなるのは違うと思う)

明は、真面目な奈緒が昔から好きだった。

真面目で、だけど時々抜けていて、後輩や友人に優しく頼りがいのある彼女のことが、明は彼女と出会った頃から好きだった。

だから、彼女には彼女のままでいてほしい。

その性格を、この世界で負った心の傷が原因で変えないでほしい。

彼女が彼女であることが、一条明にとってのかつての日常なのだから。

モンスターが現れて、どんなに世界が変わっても。

それだけは、変わってほしくはなかった。

(これは俺のエゴだ。勝手な押し付けだ。…………だけど、奈緒さん自身のことを考えても、この方が良《い》いに決まってる)

固く拳を握り締めた明は、奈緒に向けて、ゆっくりと言葉を口にする。

「……奈緒さん。あなたのトラウマを克服するには、あなた自身の足で、立ち上がるしか方法はありません。一人で立てないなら二人で立てばいい。肩なら貸します。いくらでも手を差し伸べます。だからもう一度、俺と一緒にモンスターが現れたこの世界に、足を踏み出しましょう」

「だが、一条……。私は」

「大丈夫。大丈夫です。奈緒さんのことは、俺が守ります。ボスが奈緒さんの元に向かうなんてこと、俺がさせません。文字通り命を賭けて、俺はあなたを守り抜くと誓います。そのためになら、俺は何度だってこの世界をやり直します」

じっと、明は奈緒を見つめた。

「まずは一緒に、ボスを倒しましょう。奈緒さんにとっての悪夢を終わらせましょう。これ以上、奈緒さんが死に戻りの恐怖を味わうことがないようにしましょう」

奈緒は明の言葉に、固く唇を噛《か》みしめた。

それから、また唇を小さく震わせると、奈緒はこくりと頷いた。

「分かった」

呟き、そして奈緒はまた、ぎゅっと片手で自らの腕を摑む。

それから、震える唇で大きな息を吐き出すと、消え入りそうな声で言った。

「…………すまない」

呟かれたその謝罪の言葉は、何に対してのものだったのか。

その理由を、明は最後まで聞くことが出来なかった。

◇

明はミノタウロスの戦斧とオークの鉄剣を取りに戻ると、奈緒を伴って病院を後にした。

行先《いきさき》は決まっていた。この街に攻め入ってくる、ウェアウルフの元だ。

とはいえ、この時間にはまだ現れない。

だから今度は逆に、別の街にいるウェアウルフの元へとこちらから攻め込むことにした。

向かう道すがら、奈緒はひどく落ち着かなかった。

些細《ささい》な物音にビクリと身体を震わせ、夜闇に響くモンスターの唸《うな》り声に取り乱す。実際にモンスターが現れた時には、夜闇の中でもはっきりと分かるほど、奈緒の顔は血の気を完全に失《な》くしていた。

その度に明はモンスターを瞬殺し、時には休憩を挟んで奈緒が落ち着くのを待った。

そうして、何度目かの休憩の後。目的の街までもう僅かと迫った頃に、明は、奈緒へとこれから挑むボス――ウェアウルフについて説明した。

シナリオを終わらせるには、彼女自身も戦闘に参加しなければならない。

だから、奈緒自身もウェアウルフのことを知っておいた方がいいだろうという判断だった。

「ウェアウルフ……。前回、病院を襲ってきたアイツだな」

小さく、奈緒は呟いた。

その言葉に明は肯定を示すように頷く。

「ええ、アイツです。元は隣街を支配しているモンスターだったんですが、この街に出現していたボス――ミノタウロスが居ない今、アイツはこの街にやってきます。あの、モンスターの大群だって、アイツがこの街にやって来たからこそ起こったものです」

「アイツが」

奈緒は、そっと自分の身体を摩《さす》った。

おそらく、トラウマの原因となったブラックウルフやグレイウルフに噛まれたことを思い出したのだろう。恐怖を感じているのか、彼女の肌は一気に粟立《あわだ》っていた。

明は、そんな彼女を安心させるように笑いかけると、優しく言葉を掛ける。

「大丈夫。今の時間は、アイツはまだこの街にやって来ません。だから、あの大群もまだ発生しない。…………だからこそ、今度はこちらから出向きます。アイツがこの街に来る前に、俺たちの手で、アイツを殺すんです」

「私たちで？　出来るかな。お前だけならまだしも、私は――――」

「一度でいいんです。シナリオを終わらせるために、ほんの一回だけ、アイツに攻撃を当ててほしい。その後は、その場から離れても構いません。多分ですけど、一度でも攻撃が当たれば戦闘に参加したことになると思います」

「一度……。一度だけ、魔法を使えば良いんだな？」

そう言って、奈緒は太腿《ふともも》に括《くく》りつけられたホルスターを撫《な》でた。そこには、彼女が持ってきた拳銃がぶら下がっている。

奈緒は固く唇を結ぶと、覚悟を決めるように頷いた。

「…………分かった。やってみる」

どうにか紡いだ短いその言葉に、明は頷きを返した。

◇

休憩を終えた明達《たち》は、再び歩き出した。

ウェアウルフの街へと向かう途中で、明はホームセンターに寄って、段ボールと紐《ひも》を調達した。

調達した段ボールで簡易的な鞘《さや》を作り、その鞘に鉄剣を仕舞うとそれを背中に固定する。見た目は手作り感のある不恰好《ぶかっこう》なものとなったが、今は見た目に拘《こだわ》っている余裕がない。

明はサブ武器をいつでも取り出せるようにすると、改めてその手に戦斧を握り締めて、ウェアウルフとの戦いの邪魔にならないことを確認した。

そうしてすべての準備を終えて、明たちはついにウェアウルフが支配するその街へと足を踏み込んだ。

その街は、巨大蝙蝠《ジャイアントバット》や巨大蜘蛛《ビッグスパイダー》といった明たちの街では見かけないモンスターが数多く出現していた。

それらのモンスターのレベルは、総じて20を超えている。

加えて、この街を支配するウェアウルフにすべて殺されているのか、人の気配というものを全く感じなかった。

明は、静まり返った街中を進みながらも、目の前に現れたそれらのモンスターたちにすぐさま斧や鉄剣を振るって、瞬く間に屍《しかばね》へと変えていく。

人と同じ大きさがある巨大蝙蝠や巨大蜘蛛を相手にするのは、初めは戦い方が分からずに苦労したが、それも何度か繰り返していると次第にパターンを掴み、効率よくモンスターを殺すことが出来るようになっていた。

「ん？」

何匹目かの巨大蜘蛛を斬り捨てた時のことだ。

ふいに、目の前にトロフィーの取得を示す画面が現れた。

（『虫嫌い』？　ブロンズトロフィーか。効果は……虫系のモンスターを相手にダメージボーナス3％か。そして、ヘイトの上昇と。モンスター系のトロフィーは全部これなのか？）

ヘイトの上昇値は20とささやかなものだが、これも積み重なると馬鹿にならない。

（どうにかヘイトを下げる方法があればいいけど）

と、明は目の前に現れた画面を見つめてそんなことを考えた。

以前にもまして敵意を剝き出《むだ》しにした巨大蜘蛛や、電線や家屋の陰といった場所に群れでぶら下がる巨大蝙蝠を相手に奈緒を守りながら街中を進んでいくこと数十分。

ついに、明達はモンスターの気配も感じられないその場所へと足を踏み込んだ。

「…………っ」

空気に含まれる重圧に、ギュッと、奈緒が明の服の裾を摑んだ。

ちらりと目を向ければ、奈緒の顔は完全に血の気をなくしている。

固く結ばれたその唇は細かく震え、瞳は大きく見開かれていた。

吐き出される呼吸は短く、早く。小刻みに震えるその身体は、今にも倒れそうなほど弱々しい。

「一度引きますか？」

小さく問いかけたその言葉に、奈緒はゆっくりと頭を振った。

「いい。早く、終わらせよう」

少しでも早くボスを倒して、ここから抜け出したいのだろう。

奈緒は、小さな声でそんな言葉を吐き出した。

明はそんな奈緒の姿を見つめると、やがて安心させるように服の裾を握るその手を取ると、優しく握り返した。

「大丈夫。大丈夫ですよ」

その行動と言葉に、奈緒がはっと大きく目を見開いた。

すると、次第にその表情から恐怖が抜けていく。奈緒は、身体に残った恐怖を吐き出すように大きなため息を吐き出すと、小さく唇を綻ばせた。

「すまない、ありがとう。悪いが、少しだけ手を握っててくれるか？　そうしていれば、多少マシになるみたいだ」

「もちろんです」

明は奈緒の言葉に笑った。

明達は手を取り合い、重圧の中をゆっくりと進んでいく。一歩、足を前に踏み出す度に奈緒の心臓は大きく跳ね動いて、繋ぐ明の手のひらにもその緊張が伝わって来た。

「「…………ッ」」

互いが無言となって、雑居ビルの立ち並ぶ繁華街へと足を運んだ時だ。

明たちは、そのビルの影に潜む二足歩行の狼《おおかみ》を見つけた。


前回、敗北したモンスターです。

クエストが発生します。

C級クエスト：ウェアウルフ　が開始されます。
クエストクリア条件は、ウェアウルフの撃破です。

ウェアウルフ撃破数　0／1

同時に、明の眼前にはその画面が表示される。

「いた」

と明が呟くのと、

「アォオオオオオオオン」

ウェアウルフが遠吠《とおぼ》えを上げるのはほぼ同時。

空気を震わすその遠吠えに身が竦《すく》むのを感じながらも、明は戦斧を構えてウェアウルフを睨《にら》んだ。

「ッ!!」

瞬間、全身の皮膚が一気に粟立つ。こちらを見つめるウェアウルフと視線が合ったのだ。

ニタリと嗤《わら》うその醜悪な笑みが一瞬にして掻《か》き消える。風のように駆け抜けてくる何かが真《ま》っ直《す》ぐに自分へと向かって来るのを感じる。

「『疾走』!!」

自身が置かれた状況を悟り、明はすぐにその言葉を口にした。

加速した身体はすでに眼前へと迫っていた拳を辛《かろ》うじて躱《かわ》す。が、ウェアウルフの攻撃は止まらない。

さらにもう一度、下から撃ち抜かれるように振るわれたその拳を明は寸前で避けると、伸びたウェアウルフの腕を片手で掴み、地面に叩きつけるように放り投げた。

「ゲハハハハ！」

ウェアウルフの口から笑っているかのような声が漏れた。

ウェアウルフは身体を捻《ひね》り、地面へと片手を突いて受け身を取ると、跳びあがるようにして明たちから距離を取っていく。

「えっ？」

そんな時に、ぽかんと呟く奈緒の声が届いた。二人の動きが目で追えていないのだ。

「――ッ！　奈緒さんッ‼　一度離れて‼」

奈緒に向けて、明は声を張り上げると前に飛び出す。

「おぉおおおおッ！」

出来る限り彼女の元から離れようと、距離を取ったウェアウルフに向けて迫ると雄叫《おたけ》びをあげて、手にした戦斧を振りかざした。

「ハハァッ！」

そんな明を見て、ウェアウルフはまたニタリと嗤った。明の行動に合わせるかのように、その手にある鋭利な爪を構えると前に飛び出してくる。

斧と爪。

両者の持つ武器が激しくぶつかり、甲高い音と共に赤い火花が舞った。

威力は拮抗《きっこう》していた。

ギリギリと、明とウェアウルフは至近距離で互いに睨み合うと、示し合わせたかのようにまた動き出す。

力強く足を踏み込み、片足を持ち上げる。

両者ともに、選択した行動は同じ。

その一撃で相手の脳を揺らそうと、的確に狙いを定めたハイキックが宙に軌跡を描く。

「おぉ、ッらァ!!」

「ガァ!!」

轟《ごう》ッとした音と共に、あたりに響くドッという短い音。

交差するようにぶつかった両者の足が、凄《すさ》まじい衝撃となって空気を震わせた。

「くッ」

ウェアウルフの片足とぶつかった衝撃に、明の表情が苦悶《くもん》に歪《ゆが》んだ。ミシリと骨が軋《きし》み、ビリビリとした痺《しび》れが片足から全身へと広がる。

(くそッ！　アイツの筋力に対してこっちの耐久が低すぎるッ！　このまま肉弾戦に持ち込むのは不利だ!!)

瞬時に働き始める『自動再生』の恩恵を感じながらも、明は短く舌打ちをした。

(やっぱり、斧か剣で攻めていくしかないか！)

鈍い痛みを明は奥歯を噛みしめ我慢する。

そうしながらも、明は素早く斧を振るうとウェアウルフの身体を斬りつけた。

（浅いッ！）

刃が届く寸前でウェアウルフが身を引いたのだろう。

薄皮を裂いたような手応えのないその感触に、明はまた舌打ちをした。

「グルルルァアアアアアッッ！」

対して、ウェアウルフは明を強敵と認めたようだ。

どこか余裕すらも感じられていた表情を消して、敵意を剝き出しに声をあげると拳を握りしめた。

「ガァウ！」

地面を蹴って、ウェアウルフが飛び出してくる。

明の身体を打ち抜かんと、振るわれた拳が空を裂いて腹へと迫った。

「ッ！」

それを、明は瞬時に軌道を見極めると、戦斧を構えて受け止めた。

鈍い音と共に衝撃で戦斧が揺れる。

壊れるかも、と一瞬ヒヤリとしたがそれも杞憂《きゆう》に終わった。

（思ったよりも丈夫だな！　さすがミノタウロスが持っていただけはある!!）

これが、もしもただの鉄板であればソレごと貫かれていたことだろう。

まるで砲撃のような一撃を放ったウェアウルフだったが、攻撃はそれで終わりではなかった。

拳を振るったかと思えば流れるように次の攻撃へと移り、明を横薙《よこな》ぎに蹴り飛ばそうとしている。その蹴りも、明は戦斧でどうにか防いだが、そのあまりの威力に押されるようにして身体が僅かにふらついた。

「ガァ！」

その隙を、ウェアウルフは見逃さなかった。

地面を蹴り跳び上がると、明の頭蓋を叩き割らんと片足を大きく振りかざして、踵《かかと》を落としてくる。

「────っ⁉」

全身の産毛《うぶげ》が逆立った。

前回、この攻撃で頭蓋を割られて死んだことを思い出したのだ。

しかし、だからこそ。一度経験したその攻撃に反応することが出来た。

「そいつはもう、既知《し》ってんだよ‼」

叫び、身体を捻って落とされる踵を回避する。

凄まじい衝撃と共にウェアウルフの踵がアスファルト舗装の地面を砕き、石片が周囲に舞った。

明は、その石片から身を庇《かば》うようにして背後へと跳び退《すさ》ると、素早く体勢を整えながらゆっくりと息を吐き出した。

「ふぅー…………」

頬に伝う汗を拭い、斧を構え直す。

（さて、仕切り直しだ。俺が今の攻撃を避けたことで、アイツは俺のことをかなり警戒しているは

ず。攻撃の後の隙がデカいから、そう何度も今の動きはしてこないはずだ）

心で呟き、明は『疾走』の残り時間を確認した。

（『疾走』は使えば使うほど、俺の魔力を消費してその効果が落ちていく。今はまだ、速度がアイツよりも上だから攻撃を見切れているけど、戦いが長引けばこっちが不利だ。――最初の『疾走』が終わるまで、残り12秒。次が、一度目のラストアタックだな）

心に決めて、明は両足に力を込めた。

そして、

「ふッ！」

と息を吐き出すと同時に地面を蹴って、ウェアウルフの元へと駆けた。

「っ、あぁッ!!」

間合いを詰めると同時に斧を振り払い、ウェアウルフの両足を切断しようと試みる。

ウェアウルフは明の行動にすぐさま反応を示すと、地面を蹴って跳び上がった。そのまま、反撃に転じようと空中で回し蹴りを放とうとするが、今はまだ、明の方が速い。

「ッ!!」

明は瞬時に体勢を整えて、言葉もなく気合を入れると戦斧を思いっきり斬り上げた。

「グッ、ガァ!?」

刃はウェアウルフの身体を捉えた。

確かな手応えと共に、肉に沈む刃が逆袈裟《ぎゃくけさ》からウェアウルフの身体を切り裂く。

しかし、骨を断つまでには至らない。

ウェアウルフの耐久が、明の筋力と戦斧の切れ味をもってでも超えられないほどに高いのだ。

「ガァアアアアアッッ!!」

それでも、確実なダメージは与えていた。

声をあげてウェアウルフは地面を転がると、斬り裂かれた胸元からボタボタと血を垂れ流しながら身体を起こした。

「グルルルルルル…………」

怒りに燃えるその瞳が、明の姿を捉える。

その瞳に、本気の殺意が宿るのを感じる。

明は、自身に掛かった『疾走』の効果が無くなることを感じて、すぐにスキルを発動させた。

「『疾走』」

(これで、俺の『疾走』状態の速度値は516から506へと低下した。アイツの速度が、412だから……。まともに戦える残り時間は、せいぜい8分か。その間に、どうにかしてアイツの動きを止めないと)

ちらりと、明は背後へと視線を向ける。

そこには、血の気を失くして腰が砕けたように座り込んだ奈緒の姿があった。

どうやら、ウェアウルフの発する殺気とその重圧に完全に圧《お》されているようだ。さらに言えば、トラウマによるフラッシュバックも併発しているのか、その瞳は見開かれて細かく揺れ動き始めていた。

（奈緒さんも、そう長くはもちそうにない。急がないと）

固く唇を噛みしめて、明はウェアウルフを睨み付けた。

「ふー……」

意識を集中させるように長い息を吐き出し、止める。

「――ッ」

そして、弾《はじ》かれたように明はウェアウルフの元へと飛び出した。

「うぉおおおおお！」

瞬く間にウェアウルフとの距離を詰めて、明はその手に持つ戦斧を振り抜かんと両腕に力を込めた。

――その、瞬間だった。

「あジりテぃ、アっぷ」

ウェアウルフの口から、人の言葉らしき単語が聞こえた。

明がその意味を理解するよりも先に、ウェアウルフの身体が急加速する。

「は？」

思わず漏れた明の言葉と、

「れんソう、しゅうげキ」

次いで、ウェアウルフが口にした言葉が同時に重なる。

ウェアウルフは、明の振るった戦斧をその両手から伸びる鋭い爪による連撃で受け止め、弾き飛ばすと、まるで事前に定められていた動きをなぞるかのように、流れるようにして右足を薙ぎ払った。

「がっ」

バキバキと肋骨《ろっこつ》が折れる音を聞きながら明は吹き飛び、地面を転がる。

「ぐ、ァ、あッ…………‼」

突き刺さるような激しい痛みに、明の息が数瞬の間止まる。

だが、その痛みで悶《もだ》えている暇はない。

ウェアウルフが明の元へと迫っていたからだ。

「グルァ！」

地面に転がる明の頭を潰さんと、ウェアウルフが拳を振るってくる。

「う、おぁあああァッッ‼」

その軌道に、死を予感した明は痛みも忘れて全力で回避に専念した。

轟ッとした音と共に、衝撃が頭を掠《かす》める。

地面が砕けた感覚が背中から伝わり、じっとりとした汗が浮かぶのを感じた。

「っあ、ぶねぇ、なッ！」

反撃とばかりに、明は声をあげるとウェアウルフを全力で蹴りつけた。

蹴りは真っ直ぐにウェアウルフの身体に当たって、その威力で巨体を吹き飛ばす。

盛大な音を立てて雑居ビルに突っ込んだウェアウルフが、その壁を崩して瓦礫《がれき》の向こうへと埋もれたのを見て、明は盛大に悪態を吐いた。

「はぁ、はぁ、はぁ、ッ！　どう、なってやがるッ!?」

呼吸を整えながら、明は折れた肋骨を押さえながら立ち上がった。激痛に顔が歪んで、口いっぱいに鉄の味が広がる。せり上がって来た血の塊を吐き捨てて、大きく息を吐き出した。

「いきなり、今まで以上に速くなりやがって!!　いったい何なんだ！」

吐き捨てるように言って、明は『解析』を使ってウェアウルフのステータスを表示させた。

ウェアウルフ　ＬＶ93

体力：２３７　筋力：２１３　耐久：２５７

速度：４１２（＋１００）　魔力：70　幸運：51

個体情報：レベル不足のため表示出来ません

所持スキル：レベル不足のため表示出来ません

「なッ⁉」

そこに表示されたその数字に、明は思わず目を剝《む》いた。

（＋１００⁉　ってことはアイツの速度は今、５００を超えてるってことか⁉　そんな、どうして‼　――――いや、そうか。さっきのあの言葉……。『あじりティぃアっぷ』って、このことだったのか⁉）

――Agility Up《アジリティ アップ》

つまりは、敏捷性《びんしょうせい》を高めるその言葉を口にしたことで、ウェアウルフのステータスがあの瞬間から変わったのだろう。

（まさか。コイツらも、俺たちと同じようにスキルを使ってくるのかよ⁉）

認めたくもないこの現実に、明は目の前が暗くなるのを感じた。

（どうする、どうする、どうする⁉　アイツが使ってきたスキルのせいで、『疾走』を使ってる今の速度を抜かされた！　これ以上の速度を出すことはもう出来ない‼　あとは、使えば使うだけ速度が落ちていくだけ――――）

ハッと、明は思い出す。

自分のステータスに残されていた、その存在を。

（いや、待て落ち着け。ポイントはまだ2つあるんだ！　それをすべて魔力に注ぎ込《つこ》めばまだ、速度では上を取れるッ!!　やるしかないッ!!）

心で呟き、明はすかさずステータス画面を開くとポイントを全て魔力に注ぎ込んだ。

一条　明　25歳　男　ＬＶ１（55）
体力：82　筋力：１８２　耐久：１５１
速度：１６６（＋３４０）　魔力：40【43】（＋６ＵＰ）　幸運：56

ポイント：０

どうやら、疾走の発動中にポイントで魔力を底上げしても速度の補正値はそれ以上には上昇せず、発動当時の魔力値を参照した補正値のままらしい。

そのことに明は舌打ちをすると、すぐさま思考を回した。

（今発動している『疾走』の残り時間は……まだ20秒以上。疾走が切れると同時に、またスキルを掛け直せば、俺の速度は５５６だ!!　それまで、ほぼ同速になったウェアウルフの攻撃を防ぎきらないと!!）

防ぎきらなければ、確実に死ぬ。

死んで、また。七瀬奈緒と共にこの世界をやり直すことになる。

（これで終わらせると決めたんだ！　奈緒さんを、これ以上トラウマに晒《さら》さないと決めたんだ!!）

心で叫び、明が前を向いた時だ。

「グルルルル」

瓦礫の中から唸り声が聞こえた。

かと思えば瓦礫ががらりと崩れ落ちて、ウェアウルフがゆっくりと這《は》い出《で》てくる。

身体全体が土埃《つちぼこり》に汚れてはいるが、大したダメージがあるようには見えない。やはりと言うべきか、ただ蹴りつけただけではダメージを与えることが出来ないようだ。

明は、ちらりとウェアウルフによって吹き飛ばされた斧の位置を確認する。

（斧の位置はここから十メートルぐらい……。いつもなら何でもないけど、コイツ相手にはまず拾う余裕なんてないな）

拾うことを諦めて、明は背中の鉄剣を引き抜き構えた。

「『剛力』」

そして明は、その言葉を口にする。

この数十秒を生き延びるために、対ボス用に用意していたそのスキルを発動させる。

「グルルルルルル………」

発動したスキルの効果で、明の様子が変わったことを察したのだろう。ウェアウルフが喉を鳴らすようにして威嚇した。

その唸り声に明は体勢を低くする。

「ふっ！」

「グォオオオ‼」

動き出しは、またも同じ。

ウェアウルフはその手にある鋭い爪を振るい真横から引き裂こうとしてくるが、明もまたその動きに合わせて鉄剣をぶつけた。

甲高い音と共に、再び火花が飛び散った。

明の振るった鉄剣は、その強化された筋力値に後押しされるようにその威力を底上げさせて、ウェアウルフの爪を僅かな抵抗の後に断ち切った。

「ッ⁉」

まさか爪が断ち切られるとは思わなかったのだろう。

驚愕《きょうがく》に目を見開き、ウェアウルフの動きが僅かな間、止まった。

それを、明が見逃すはずもなかった。

「ッらァ！」

明はウェアウルフの腹に拳を突き出し、その身体をくの字にへし折った。

「ガァ、グッ！」

激痛に顔を歪めながらも、ウェアウルフは明から逃れようと地面を蹴る。

それを、明は防ぐように腕を伸ばしてウェアウルフの体毛を摑んだ。無理やりに引っ張って地面に叩きつけ、ウェアウルフの頭を抱えて右膝で顔を蹴りつける。

「ガァッ」

ウェアウルフの口から苦痛の声が漏れた。

手応えからして、骨を砕いたようだ。ふらりと揺れるその身体から手を離して、すかさず明はウェアウルフの背後に回り込む。

そして素早く。その手に持つ鉄剣を地面に落としてウェアウルフの腕を両手で摑み、逃げられないよう捻り上げると、明はあらん限りの声を張り上げた。

「────ッ、奈緒さん‼」

その戦闘中で、初めて呼ばれた自分の名前に奈緒がビクリと身体を震わせた。

「今だ‼　魔法をコイツに！」

その言葉に、奈緒は明が何を言いたいのか察したのだろう。

すぐにハッとした表情になると、震える手で太腿にぶら下がる拳銃へと手を伸ばす。

「ハッ、ハッ、ハッ、ハッ、ハッ…………ッ‼」

奈緒の口から短い呼吸が漏れて、ガチガチと歯の鳴る音が聞こえた。

拳銃を手にしようとするも力が入らないのか、奈緒は何度も拳銃を地面に落とした。

そうしながらも、どうにか拳銃を拾い上げた奈緒は恐怖に凍り付く表情のまま、ウェアウルフへと目を向ける。

その瞳が大きく揺れた。

彼女の中で膨らみ続けるあらゆる恐怖が、明にもありありと伝わってきた。

明は、必死の形相でウェアウルフを離すまいと力を入れ続ける。

しかし、ウェアウルフもただやられるわけではない。

「グゥ、ガァ、ァ…………」

明の拘束をどうにか解こうと、ジタバタと力任せに暴れては声を上げる。

「奈緒さん、早く！」

力任せにウェアウルフを拘束し続けるのも限界がある。『剛力』が切れた瞬間に、この拘束は確実に解かれてしまう。

「奈緒さんッ!!」

必死に上げるその言葉に、奈緒もまた時間がないことを察したのだろう。

血の気が下がり、白を通り越して青くなり始めたその唇を噛み締め、どうにかその口を開いた。

「……ッ、ァ、しょ……ショック、あ、あ、あろー」

恐怖を押し殺しながら呟かれたその言葉は、ひどく震えていた。

しかし、それでも魔法を発動させることに成功したようだ。

震える銃口に光が灯《とも》ると、その光は瞬く間に矢の形へと変わっていく。

そして、形成された光の矢は、奈緒が狙いを定めるその場所へと飛び込んだ。

——ドッ！

矢はウェアウルフの顔にぶつかり、確かな衝撃を与える。

ダメージとはいえないような攻撃だ。しかし、その攻撃はどんな攻撃よりも価値があった。

（よしっ、これでコイツを殺せばシナリオは終わる‼）

心の中で明は安堵《あんど》の言葉を漏らすと、ウェアウルフの身体を蹴り飛ばして距離を取った。

「奈緒さんッ、ありがとうございました‼」

叫び、明はウェアウルフと向き合う。

ウェアウルフもまた、蹴り飛ばされながらも体勢を整えると、受け身を取って衝撃をいなして素早く立ち上がった。

ウェアウルフの視線が、明の背後へと流れたのはその時だった。

——ニタリ、と。

ウェアウルフはそこにいる人物を目にして嗤《わら》った。

おそらくは、攻撃されたことで今まで明の背後に隠れていた奈緒の存在に気が付いたのだろう。

眼前にいる男よりも、そこで座り込む彼女の方がはるかに殺しやすいと、醜悪に歪むその笑みが全てを物語っていた。

「グルルルァアアアアアアア‼」

叫び、ウェアウルフが駆け出した。

（マズい‼）

動きを止めようと、正面からウェアウルフへ蹴りかかる。――が、ウェアウルフも明の狙いが分かったのだろう。

放たれるその蹴りの軌道を見切るようにウェアウルフは躱すと、お返しとばかりに明の腹を全力で蹴りつけた。

「ッ、ァ！」

一瞬、呼吸が止まった。

痛みに動きを止めそうになるが、明は口の中にせり上がってくる鉄の味を必死に飲み込んで、歯を食いしばりその痛みに耐え抜いた。

「させ、る、か‼」

呟き、明は激痛に顔を歪ませながらウェアウルフへと手を伸ばす。

「行かせるか！」

だが、その手は届かない。

するりとその手をすり抜けたウェアウルフはまた、ついでとばかりに明の顔へと拳を振るってくる。

視界が暗転した。

ちかちかと視界に星が瞬《またた》いて、膝からくずおれそうになる。

「行かせるかァアアアアアアアアアアアあああッ‼」

それでも必死に。

明はその意識を繋ぎ止めて、声を張り上げた。

駆けるウェアウルフの背後を追い掛けようと明は両足に力を込めて走り出す。

――瞬間。

がくり、と。急速に動きが遅くなる自らの身体に、明は『疾走』の効果時間が終わったことを悟った。

(『疾走』、『疾走』ッ、『疾走』!!)

心で叫び、前を向く。

(早く、速く！　守るんだ、奈緒さんを守るんだ!!　絶対に、死なせない!!　約束したんだ。守ると言ったんだ。走れ、走れ、走れッ!!　走れぇえええええええええええええ!!)

眼前に広がる、重ね掛け不可のエラーメッセージと残された『疾走』の発動時間を知らせる効果画面。

それらを振り切るように、明は加速する自らの身体を鼓舞しながら、力の限り地面を蹴って奈緒の元へと駆け出した。

「――――――ッ！」

事前にポイントを割り振っていたことが功を奏したようだ。

三度目の『疾走』は再びウェアウルフの速度を上回る。

身を挺《てい》するように、明が奈緒とウェアウルフの間に滑り込むのと、ウェアウルフが奈緒に向けて蹴りを放ったのは同時のこと。

「が――――ぁッ！」

蹴りは、奈緒ではなく明に突き刺さった。

衝撃に息が止まり、肋骨が砕ける音が響き渡る。明は奈緒を巻き込み地面を跳ねて転がると、雑居ビルの壁に激しくぶつかった。

「が、ガフッ……。くっそ」

普通なら死んでいてもおかしくはない攻撃だった。

それでもこうして立ち上がることが出来たのは、体力値と『自動再生』の恩恵があってこそだ。

（あぶ、ねぇ……。ッ、奈緒さんは⁉）

ハッとしてあたりを見渡した。

奈緒はすぐに見つかった。叩きつけられた壁の傍で、だらりと地面に伸びていた。

「奈緒、さん」

明は掠れた声で呼び掛ける。

しかし、奈緒は動く様子がない。見れば、地面を転がった際に額を切ったのか、真っ赤な血が溢れて地面を濡《ぬ》らし始めていた。

「奈緒さん！」

自らの身体を襲う痛みに耐えながら、明はもう一度奈緒へと呼びかける。

「奈緒さんッ‼」

三度響いたその声に、奈緒の瞼《まぶた》がピクリと動いた。

薄《う》っすらと奈緒の瞳が開かれる。光を宿したその瞳を見て、明は大きく安堵の息を吐き出した。

(良かった。生きてる……！)

しかし、思ったよりも奈緒の受けた衝撃は大きかったのだろう。

もともとの体力値が少ないことも影響しているのか、目を覚ました奈緒の視線は未《ま》だ焦点が合っておらず、細かく揺れていた。

「ぐっ、がふっ、ゴホッ！」

奈緒が大きく咳《せ》き込《こ》むと同時に、血の塊が吐き出された。どうやら内臓を傷つけたらしい。

「くっ」

その様子に、明は強く唇を噛むと素早く立ち上がった。

奈緒の様子を見るに、これ以上の攻撃を受ければ確実に死ぬのは確かだ。

死ねばまた、この戦いが繰り返される。

これ以上の苦痛を奈緒に与えるわけにはいかなかった。

(早く、早く!!　少しでも早く、この戦いを終わらせないと!!)

戦場を見渡し、明は吹き飛ばされた戦斧の位置を確認する。

(どうにか、あの斧のところに行かないと！)

発動していた『剛力』の効果は途切れている。

素手で挑もうにも、ウェアウルフの耐久はミノタウロス以上だ。この戦いを終わらせるには、あの斧を使って確実な一撃を叩き込む必要があった。

（けど、今ここで斧があるところに向かえば、アイツはまた奈緒さんを狙う！　今はひとまず、俺にヘイトを向けるようにしないと‼）

大きく息を吸い込み、明はウェアウルフを睨んで拳を握った。

「次で、最後だ‼」

叫び、明は動き出す。

そうして再び、明とウェアウルフの激しい戦いは始まった。

あなたと共に

夢を見ていた。

いや、走馬灯といった方が正しいのかもしれない。

次々と現れては消えていくその光景は、これまでの人生を振り返るかのように、細切れのフィルムを再生しているかのようだった。

遠い昔の出来事は色褪《いろあ》せた無音映画のようにぼんやりとしたものだったけど、その光景が〝今〟に近くなれば近くなるほど、より鮮明に、当時の会話も感情も思い出してくる。

彼の二十歳の誕生日。初めて、二人で訪れた居酒屋で、彼が自分のペースも分からずに酒を飲んで酔いつぶれたこと。

彼が自分の働く会社に入社してきて、何も知らされてなかった自分に向けて彼が、まるで悪戯《いたずら》が成功したように笑ったこと。

仕事で失敗した彼を慰めるため、酒を呷《あお》りながら居酒屋で会話をしたこと。

そのほかにも思い浮かぶすべての出来事は、七瀬奈緒《ななせなお》にとって大切な思い出ばかりで、同時に忘れることが出来ない宝物であると言えるものだった。

浮かんでは消える走馬灯は、非常灯の点《つ》いた薄暗い病室での会話を最後に終わる。

七瀬奈緒の意識が、〝今〟に戻って来たからだ。

（いったい、何が…………）

ぼんやりとする頭で、奈緒は瞼《まぶた》を持ち上げながら薄《う》っすらとそんなことを考えた。

「ぎ、ぃ、ァあああっ……！」

瞬間、ズキリとした左腕の痛みに悲鳴を上げそうになる。どうやら、骨が折れているらしい。ほんの少しでも動かせば全身を貫くような激痛に、奈緒はまた声を上げた。

それと同時に、生温かい液体が顔の半分を濡《ぬ》らしていることに気が付いた。

右手を伸ばすとぬるりとした感触がある。

薄っすらと開いた瞳で手を見つめると、その手は鮮血でべったりと濡れていた。

（――――そうだ。私、一条《いちじょう》に連れられてウェアウルフっていうボスに挑んで……）

ゆっくりと、奈緒は記憶を想起する。

一条明《あきら》とウェアウルフの戦いは、奈緒にとってすべて次元が違うと言わざるを得ない戦いだった。

激しい衝撃と威力を伴って振るわれる拳や蹴りは、空気を切り裂き震わせる。

一瞬にして詰められるその間合いは、奈緒にとっては両者の間にある空間が歪《ゆが》んで切り取られているんじゃないかと錯覚するほどだった。

そんな戦いの中で、ふいに明が奈緒の名前を叫んだ。

その叫びが、事前に言っていた魔法を発動させる合図だということはすぐに分かった。

（そこで、どうにか魔法を発動させて……。それから……）

それから、どうした？

よくよく思い出そうとするが、頭を打った影響か間の記憶が抜けている。

ただ覚えているのは、明が叫び、奈緒を庇《かば》うように身を挺してウェアウルフの攻撃から身を守ってくれたという事実と、二人で一緒に吹き飛ばされたことだけだ。

「ぉおおおおおおおおおおおおおおおッ‼」

空気を震わせるような雄叫《おたけ》びが響いた。

ビクリと身体《からだ》を震わせて奈緒はその声の方向へと目を向けると、ウェアウルフへと向けて拳を振り上げる明の姿が目に入った。

どうやら、ウェアウルフによって弾《はじ》き飛《と》ばされた斧《おの》と、ウェアウルフを拘束するために手放した鉄剣を拾う隙すらもないようだ。

素早い動きで翻弄してくるウェアウルフを相手に、彼は素手で挑んでいた。

しかし、武器が無ければウェアウルフの爪撃《そうげき》を受け止めることが出来ない。

幾度となく切り裂かれたのであろうその身体は、一目見ただけでも分かるほどにボロボロで、至る所から血が流れ出ていた。

「いち――――」

と、声をあげようとして奈緒は口を閉じる。

――今の私が声を掛けたところでどうなる？

そんな考えが、奈緒の頭の中で過《よぎ》ったからだ。

（息をするのだけでもやっと。心は染み付いた恐怖に潰され、まともに魔法を放つことさえも出来

ない。モンスターの前に立つのだけでもやっとの、今の私にこれ以上……何が出来るって言うんだ)

自分でも、このままじゃダメだと分かっている。

けれどその思考とは裏腹に、脳裏に焼き付いたあの光景が、あの痛みが、あの苦痛が。その全てが七瀬奈緒の行動を縛り付けるかのように、モンスターの前に立ったその瞬間に蘇《よみがえ》ってくる。

今、この瞬間でも。そのことを思い出しただけで奈緒の身体は魂に染み付いた恐怖に怯《おび》えるように、小刻みに震えはじめる。

声も出せず、息も出来ない。

どうにか呼吸をしようと息を吐き出せば、すぐに気道は狭まり息が止まる。

「――――ッ!」

奈緒は、この世界の現実から逃れるようにギュッと目を閉じた。

もう、何もかもが嫌だった。

この戦いでの自分の役割は全て終わった。

早く、この戦いが終わってほしい。

そんな言葉ばかりが、ぐるぐると脳裏をよぎっては頭の中でいっぱいになっていく。

(ウェアウルフとの戦いに、私が入れる余地はない)

ゆっくりと、奈緒は息を吐き出しながら心の中で呟《つぶや》く。

(初めから、無理だったんだ。私が、アイツと一緒に行動することなんて)

心の中に広がる、重たくて暗い感情。

その感情に飲み込まれそうになったその寸前。七瀬奈緒の耳に、一条明の苦痛の声が届いた。

「っ！」

ハッとして目を向けた。

奈緒の瞳に、苦痛に満ちた表情で脇腹を押さえている明の姿が映った。

おびただしい量の血が溢《あふ》れ出《で》ている。ウェアウルフによって、また切り裂かれたらしい。

「一条ッ!!」

思わず全てを忘れた。悲鳴のような声をあげて、彼の名前を呼んだ。

その声に、奈緒が意識を取り戻したことに気が付いたのだろう。

ちらりとした視線を奈緒に向けると、明は少しだけ驚いた顔になって、ゆっくりと安堵《あんど》の息を吐き出した。

「良かった」

そして、その口元に優しげな微笑《ほほえ》みが浮かぶ。

まるで恐怖に怯える奈緒を安心させるように、彼はゆっくりと、言葉を紡ぐ。

「無事だったんですね。…………すみません。もう少し、そこで待っていてください。すぐ、終わらせますから」

「でもッ！　お前……！　傷が!!」

「……ああ、これですか。なんともないです。大丈夫ですよ」

ニコリと、明はまた奈緒を安心させるように笑った。

――嘘《うそ》だ。〝なんともない〟なんて、そんなはずがない！

明が驚異的な生命力を獲得しているのを、奈緒はもう知っている。そして、その身体の傷を癒《いや》すスキルを取得していることも知っている。

けれど、彼は不死身じゃない。無敵じゃない。

傷つけられれば痛みを感じ、傷があれば血が流れる。この世界で戦う力を、他の人よりも多く身に付けただけの、ただの人間だ。

それだけの傷を負って死なないなんてことがあるはずがない‼

「いち、じょう………」

小さく、奈緒は彼の名を溢《こぼ》す。

その呟きはきっと、一条明には届かなかったに違いない。

しかし明は、奈緒に向けてまた笑うと、ウェアウルフへとその視線を向けた。

ウェアウルフは、明を引き裂くと同時に反撃にあい、吹き飛ばされて瓦礫《がれき》に埋もれていた。

ガラガラと瓦礫を崩す音を響かせながら現れるその姿に、明が小さく舌打ちをする。

「出来れば斧を手に取るまで使わないつもりだったが………。これじゃあ埒《らち》が明かないか。

――仕方ない。『剛力』ッ！」

スキルを発動させてまた、一条明はウェアウルフへと向けて駆けていく。

その姿にまた、奈緒は張り裂けそうな声を上げた。

「一条‼」

もう、いい。もう止めてくれ‼

そんな言葉が喉元にまでせり上がり、奈緒は思わず涙を溢す。

辛《つら》かった。彼が、命の灯を燃やし尽くすようにして戦うその姿を、もう見たくなかった。

（なんで、なんで、なんで‼　どうしてそこまで頑張るんだ！　どうして、そうまでして戦えるんだ‼）

激しい戦いを繰り返す一条に向けて、奈緒は視線を送る。

（分からないッ、分からないよッ‼　――なんで？　どうして、お前はまだ立ち上がるんだ‼）

理解が出来ない。理解したくても出来ない。

そんな感情に奈緒は唇を嚙《か》みしめ、震わせる。

（私の知らない私が、お前に諦めるなと、そう言ったからか？　だから、お前は――――）

だとすれば、それはまるで呪いだ。

彼の苦しみを本当の意味で何も知らない七瀬奈緒が掛けた、彼を縛り付ける呪いの言葉だ。

（私の言葉に、お前は……っ！）

心で呟き、奈緒は拳を握り締める。

自分が嫌いだ。

本当の苦しみなんか分からずに、何も知らずに、そんな言葉を投げかけた自分が大嫌いだ。

けれど本当に、心の底から嫌いなのは。

死に物狂いで戦う彼を見ていることしか出来ない、〝今〟の弱い自分自身だった。

（アイツは戦ってる。私の言葉を糧にして、この世界に挑み続けている！　それなのに、私は何をしている⁉　ただ地面に座り込んで、ただただ震えて、声も出せず泣いているだけか⁉　――違う。違うだろ‼　誓った。誓ったんだ‼　私は、アイツの隣に立つと。一条明の支えになると‼　あの病室で、アイツに向けて言ったじゃないか‼　死に物狂いで戦うお前と一緒に、私も死に物狂いで戦うって‼）

奈緒は、ギュッと唇を噛みしめる。

もう、何もしないのは嫌だった。

こうしてただ、彼の背中を見続けるのが嫌だった。

死に戻りの恐怖を、身体の震えを、奈緒は強く歯を食いしばり噛み殺す。

（私は――――）

たった一人、この世界に現れた理不尽の塊へと挑む男の隣に立つために。

（一条明と――アイツと共にこの世界で戦い、生きるって！　そう、決めたじゃないか‼）

心で叫び、奈緒はあらん限りの声を上げる。

「ッ！　ステータス‼」

七瀬　奈緒　27歳　女　LV23

体力：25　筋力：36　耐久：34
速度：35　魔力：16　幸運：25

ポイント：7

スキル

・身体強化LV1
・魔力回路LV1
・初級魔法LV1

素早く、画面を操作する。

溜《た》め込《こ》んでいたすべてのポイントを魔力に注ぎ、自らの魔力値を急成長させる。

——魔力：37
ステータス画面に表示されたその数字を確認して、奈緒は画面を手で払い消した。

「う、つぅッ、あァ！」

全身に力を込めて、奈緒はふらりと立ち上がる。

頭から血を流した影響だろう。一瞬、視界が暗転するが、奈緒は歯を強く食いしばり、どうにか倒れるのを防いだ。

「はぁ、はぁ、はぁ、はぁ……」

ただ立ち上がるだけで、息が乱れる。

心臓がバクバクと跳ね上がり、ほんの少しでも気を抜けば倒れそうだった。

それでも彼女は、その両足で立ち上がりこの世界を踏みしめる。

もう、二度と倒れないように。

この世界に膝をつかないように、残された力を振り絞る。

「ふー………」

ゆっくりと息を吐き出し、拳銃を右手で構えた。

視界がぼやける。額から流れる血が邪魔だ。瞳にかかる前髪が鬱陶しい。

それでも、しかとその瞳でウェアウルフを睨《にら》み付《つ》けて奈緒は、はっきりとその言葉を口にする。

「――――『衝撃矢《ショックアロー》』」

己の全てを賭した一撃を、今ここに放つ。

※

ウェアウルフとの戦いは佳境に迫っていた。

『剛力』を使用し上昇した筋力はウェアウルフの耐久を破り着実なダメージを与えていく。

しかし、ウェアウルフもただでやられるわけではない。

幾度となく振るわれる拳や蹴りは明の身体を叩《たた》きのめし、振るわれるその爪は明の身体を引き裂いた。

（『剛力』と『疾走』の残り時間は……。どちらも10秒未満かッ）

スキルの名前を口に出して、明は素早くその残り時間を確認する。

次にステータス画面を開くと、残された魔力値を確認した。

（残り魔力36。これ以上はもう、ウェアウルフのステータスを上回ることは出来ない。これからはただのジリ貧だッ!!）

焦りが心の中に広がり、明は強く唇を噛みしめた。

そうして、この『疾走』時間での最後の攻撃を与えようと拳を握り締めたその時だ。

「────『衝撃矢《ショックアロー》』」

戦場に響いたその言葉に、明は思わず息を止めた。

光の矢がウェアウルフへと向かっていく。その魔法を誰が放ったのか確かめなくともすぐに分かった。

矢は、明と同じく拳を握り締めて今まさに振るわんとしていたウェアウルフの顔にぶつかり、破裂した。

同時に凄《すさ》まじい衝撃が襲い、その身体を着実に仰《の》け反《ぞ》らせる。

「なッ⁉」

これまで見たことがないその威力に、明は思わず目を瞠《みは》った。

しかし、このチャンスを逃すわけにはいかない。

すぐさま動き出した明は、握り締めていた拳を引いて、その手に力を込める。

ビキビキと、握り締めた明の手にいくつもの筋が浮かび、筋肉が肥大して膨れ上がる。

「っ！」

足を、腰を、肩を、腕を。

その全てを一つにつなげるように、明は『剛力』状態での全力の拳を、ウェアウルフの身体へと叩き込む。

「――――ァ」

肉を圧《お》し潰す感触と、骨を砕きへし折る確かな音。

ウェアウルフは声らしい声を出す暇もなく吹き飛ばされると、地面を跳ねるように転がった。

それを見た明は、すかさず奈緒へと指示を飛ばす。

「奈緒さんッ！　斧を！　アレを俺に飛ばしてください‼」

その言葉に、奈緒もまた明の狙いが分かったのだろう。

「『衝撃矢《ショックアロー》』‼」

吐き出されたその言葉によって飛び出した魔法は、狙い違わず斧の傍の地面へと命中した。弾けた衝撃によって吹き飛んだ斧は明の傍へと落ちて、地面に刺さる。

「ッ！」

飛びつくようにして明は斧を拾い上げた。

同時に発動していたスキルが切れたことに気が付き、明は『疾走』と『剛力』を再び発動させて、地面を蹴った。

「ぉおおおおおおおおおおおおッッ!!」

叫び、頭上に掲げた斧を振り下ろす。

ウェアウルフは突撃してくる明に気が付き、回避するように身体を捻《ひね》った。

だが、その行動を奈緒は許さなかった。

まるでウェアウルフの動きを予見していたかのように、発動していた奈緒の魔法がウェアウルフにぶつかり、衝撃が弾けて身体を仰け反らせる。

「グルルルルァァァァァァ!!」

怒りに燃えるウェアウルフの雄叫びが空気を震わせる。

「レんそウ、しュうゲキ!!」

攻撃スキルともいうべき言葉を口にする。

振るわれる爪の連撃に、明の斧は軽くいなされるがそれでも、明は、爆発的に上昇したその筋力値で、強引に斧の軌道を修正した。

「届けェェエエエエ!!」

「グルルゥウウウウアアアア‼」

互いの全力を込めた一撃が交差する。

「ぐっ――――」

ウェアウルフが放つ連撃の蹴りは明の肺を潰し、

「ガァ――――」

明が振るった斧の刃はウェアウルフの身体を半ばまで切断して止まっていた。強引に軌道を修正したことで、その威力が削《そ》がれたのだ。

ウェアウルフは、『残念だったな』とでも言いたそうな表情でニヤリとした笑みを浮かべると、至近距離にまで迫った明の首へと手を伸ばしてくる。

おそらく、そのまま首の骨をへし折ってくるつもりなのだろう。

その手の動きに、明は感情の読めない瞳を向けると小さく咳《せ》き込《こ》んで血の塊を吐き出した。

「俺たちの攻撃は、まだ終わっちゃいねぇぞ？」

明が呟きを漏らした直後だ。

「『衝撃矢《ショックアロー》』‼」

吐き出した奈緒の言葉と共に、銃口から飛び出した光の矢がウェアウルフの背中に突き刺さった。

弾けた衝撃がウェアウルフの身体を襲う。

その威力に、刃がまたズブリと沈み込む。

「じゃあな」

呟き、明はその腕を振り抜いた。

「グぁ――――」

小さな叫び声と共に、ウェアウルフの身体が両断されて空高く舞った。

だが、半身となったウェアウルフはまだ足掻《あが》く。驚異的な生命力は、簡単にはその命を絶やさない。

「グるるアァあ！」

怒りに燃えるその瞳は明を捉えて、噛み殺さんとばかりに牙を剝《む》いた。

しかし、明はそんなウェアウルフから視線を逸《そ》らすと、疲労と安堵が混じった大きな息を吐き出していた。

「任せました」

「ああ、任された」

短いやり取り。

けれども、その二人にはその言葉で十分だった。

「『衝撃矢《ショックアロー》』!!」

再び、奈緒が吐き出したその言葉に、空を舞っていたウェアウルフの身体が衝撃で更に高く舞い上がる。

同時に、それがトドメとなったのだろう。

軽やかな音と共に画面が現れた。

レベルアップしました。
レベルアップしました。
レベルアップしました。

…………………

…………

……

ポイントを13獲得しました。
消費されていない獲得ポイントがあります。
獲得ポイントを振り分けてください。

C級クエスト：ウェアウルフが進行中。
討伐ウェアウルフ数：１／１

C級クエスト：ウェアウルフの達成を確認しました。報酬が与えられます。

クエスト達成報酬として、ポイントを50獲得しました。

七瀬奈緒のシナリオ【あなたと共に】が進行中。
七瀬奈緒と共に討伐したボスモンスター撃破数　1／1

七瀬奈緒のシナリオ【あなたと共に】の達成を確認しました。報酬が与えられます。
シナリオクリアの達成報酬として、七瀬奈緒に固有スキルとポイントが与えられます。
・固有スキル：不滅の聖火　が七瀬奈緒に与えられました。
・ポイント100が七瀬奈緒に与えられました。

ボスモンスターの討伐が確認されました。
世界反転の進行度が減少します。

独りから二人へ

戦いが終わり、街には静かな夜が戻ってきた。

明《あきら》は、眼前に現れた画面に大きく目を見開くと、ゆっくりと息を吐き出す。

（奈緒《なお》さんに固有スキル、だと？　しかも、大量のポイントまで）

何度もその内容を確認して、それが間違いでないことを確認する。

そうしてようやく。明は、自らの黄泉《よみ》帰りに与えられたシナリオというものが、いったいこの世界でどういう力を発揮していくものなのかを察した。

（これって、つまり……。その人とのシナリオを発生させることさえ出来れば、誰にでも固有スキルと大量ポイントを与えることが出来るってこと……だよな？）

つまりは、仲間強化イベント。

そんな言葉が頭に思い浮かんで、明は思わず笑った。

（……凄《すご》い力だ。この力を使えば、誰だってこの世界に立ち向かうことが出来る。いや、そのきっかけを作ることが出来る。世界反転率なんてもののおかげで、時間経過と共にモンスターが強化されていくけど、この力さえあれば奈緒さんみたいに一緒に戦ってくれる人も増やせるかもしれない）

自分一人で、この世界に現れた全てのボスを殺すことは出来ない。

しかし自分と共に肩を並べて戦ってくれる人が居れば、この先、どんなモンスターが現れようともこの世界で共に生き抜くことは出来るかもしれない。

そんな思いが、明の胸に湧き上がってくる。

（そうだな。いろいろと落ち着けばいずれ、そうしてみるのもいいかもしれない）

明はそう考えて、頭の中で思い浮かんだその考えを一旦は置いておくことにした。

「ふー…………」

ゆっくりと、明は息を吐き出す。

気を抜けば全身を襲うその痛みに、意識を奪われそうだった。

咳《せ》き込《こ》めば口の中には血の味が広がり、裂けた脇腹から流れる血が地面を真っ赤に濡《ぬ》らしていく。

『自動再生』のスキルが徐々に明の身体《からだ》を癒《いや》し始めているが、傷がすぐに無くなるわけではない。

失った血液と気の緩みが、一気に明の力を奪っていく。

「――――っ」

ふらりと、明は身体を揺らしてその場に倒れ込んだ。

その様子を見ていたのであろう、離れていたところに居た奈緒が声を上げて慌てたように明の傍へと近寄ってくる。

「一条《いちじょう》!!」

叫ばれるその名前に、明は無事を示すように右手を持ち上げるとひらひらと手を振った。

「平気です。ただ、ちょっと……疲れました」

その言葉に、奈緒は安堵《あんど》の笑みを浮かべるとゆっくりと息を吐き出した。

「……そうか。そうだよな」

奈緒は明の横へとそっと腰を下ろした。

「お疲れさま」

「奈緒さんこそ」

明はそう言うと、小さな笑みを浮かべて片手を掲げた。

その様子に、奈緒は小さく目を見開いた。それから、その口元に微笑《ほほえ》みを湛《たた》えると明と同じように片手を掲げる。

――パンッ、と。

夜の街に、二人のハイタッチの音が小さく響いた。

明たちは、互いの顔を見つめてまた笑う。

それからふと、明は真剣な表情を浮かべると奈緒に向けて問いかけた。

「もう、大丈夫ですか？」

その言葉の意味を、奈緒は考えるまでもなく理解した。

「……ああ。もう、平気だ」

呟《つぶや》き、奈緒はゆっくりと息を吐く。折れた左腕を庇《かば》うようにして右手で押さえると、呟くように彼女は言った。

「迷惑、かけたな」

「迷惑だなんてそんな……。あんな死に方をすれば、誰だってトラウマにもなりますよ」

「…………そうかな」

奈緒は、明の言葉に小さく笑った。

「なあ、一つ。聞いてもいいか？」

ふいに、笑顔が消えて奈緒が呟く。

「何ですか？」

と明もまた笑みを消して、奈緒の顔を見つめた。

奈緒はしばらくの間迷っているようだった。

まるで、この質問をしてもいいのだろうか。そう言いたそうな表情で何回か口を開け閉めすると、やがて意を決したように明へと問いかけてくる。

「お前は、私が諦めるなと言ったから……。何度も、何度も、死ぬかもしれない戦いに挑むのか？」

その言葉に、明はポカンとした表情で奈緒を見つめた。

かと思えば小さく息を噴き出して、声を出して笑い始める。けれどそれも束《つか》の間《ま》のことで、その笑いが傷に響いたのか苦痛の表情を浮かべた。

ころころと表情を変える明に、奈緒は戸惑うように言った。

「な、何がおかしいんだ」

まさか、痛みを抱えながらも笑われるとは思ってもいなかったのだろう。

明は、戸惑う奈緒に口元だけで笑みを浮かべながら口を開く。

「きっかけは確かに、奈緒さんのその言葉でしたが……。俺がこうして戦う理由は、違いますよ」

「違う？　それじゃあ、どうして……」

「分かりませんか？」

言って、明はニヤリとした笑みを浮かべた。

「このクソッたれな世界で、自分が望む最高の未来を自分の力で掴《つか》み取《と》る。……それが最高に気持ちいいから、俺は戦うんです。それは、今の奈緒さんならきっと、分かるでしょ？」

予想だにしなかったその言葉に、奈緒は思わず呆気《あっけ》にとられるようにして明を見つめた。

それから、憑《つ》き物《もの》が落ちたように大きな息を吐いて、その口元を綻ばせると言葉を紡いだ。

「……ああ。そうだな。確かに、その言葉の意味は分かるよ」

一条明と共に、この世界で戦い生き残る。

一度は手にして、やがて諦めたその未来を。

今度こそ確かに、彼女はしかとその手に掴み取っていた。

「…………」

七瀬《ななせ》奈緒は、ゆっくりとその視線を空へと向けた。

そこには、七瀬奈緒にとっての死に戻りが始まったあの時と同じ、半分に切り取られた月がぽっかりと浮かんで見えた。

——綺麗《きれい》だな、と。

奈緒は柄にもなくそんなことを考えた。

奈緒が空を見上げていたからだろう。

明もまた、夜空に浮かぶ半月へと視線を移すと、ほう、と息を吐いて言葉を吐き出した。

「綺麗ですね」

その言葉に、奈緒は思わず明を見つめた。

なんの気なしに呟かれた言葉だったのだろう。

もしかしたら深い意味はなかったかもしれない。

明はただただぼんやりと、ボスの居なくなった街を照らす月を穏やかな表情で見つめていた。

奈緒は、そんな明に小さく笑うとまた夜空を見上げて呟く。

「そうだな。今まで生きてきた中で最高に気持ちがいい夜だ」

二人の会話が自然と途切れた。

ただただ居心地のいい静けさが二人の間には広がっていた。

それは昔から変わらない二人だけが知る互いの距離感だった。

じっと、二人は夜空を見つめ続ける。

今、この時。この瞬間。

隣に居るその人の温かみが、この世界でどれだけ大切なものなのかを感じながら。

彼らは今日も、その世界で確かに生きていた。

Kラノベブックス

この世界《せかい》がいずれ滅《ほろ》ぶことを、俺《おれ》だけが知《し》っている2
～モンスターが現《あらわ》れた世界《せかい》で、死《し》に戻《もど》りレベルアップ～

灰島《はいじま》シゲル

2023年5月31日第1刷発行

発行者	森田浩章
発行所	株式会社 講談社 〒112-8001　東京都文京区音羽2-12-21
電　話	出版　(03)5395-3715 販売　(03)5395-3608 業務　(03)5395-3603
デザイン	AFTERGLOW
本文データ制作	講談社デジタル製作
印刷所	株式会社KPSプロダクツ
製本所	株式会社フォーネット社

KODANSHA

ISBN978-4-06-532255-0　N.D.C.913　339p　19cm
定価はカバーに表示してあります

ファンレター、
作品のご感想を
お待ちしています。

あて先
〒112-8001　東京都文京区音羽2-12-21
(株) 講談社　ラノベ文庫編集部 気付
「灰島シゲル先生」係
「布施龍太先生」係

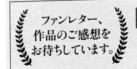